AF196879

Harald Gesterkamp, geboren 1962 in Münster, hat Volkswirtschaftslehre und Politikwissenschaften studiert. Wenn er nicht gerade als Nachrichtenredakteur beim Deutschlandfunk arbeitet, ist er literarisch unterwegs. 2016 erschien sein Roman „Humboldtstraße Zwei" (Tredition) und 2019 der Band „Rückkehr nach Schapdetten" mit 20 Stories (Kid Verlag). „Stroke Unit/Besuch in Breslau" ist sein drittes Buch.

Harald Gesterkamp

Stroke Unit
Besuch in Breslau

Zwei Erzählungen

© Harald Gesterkamp, 2021
www.harald-gesterkamp.de

Verlag: tredition GmbH, Halenreihe 40-44, 22359 Hamburg
ISBN: 978-3-347-40291-1 (Paperback)
ISBN: 978-3-347-40292-8 (e-Book)

Covergestaltung und Layout:
Irmgard Hofmann, Bonn, www.kava-design.de
Titelfoto: Harald Gesterkamp

Die Deutsche Nationalbibliothek verzeichnet diese Publikation
in der Deutschen Nationalbibliografie: http://dnb.d-nb.de

Für Irmgard, Amina und Antonia

Inhalt

Stroke Unit

1 Intensiv

Erst ist es nur ein Schatten, dann ist plötzlich ein anderes Gesicht direkt vor seinem. Ein Mann im weißen Kittel mit einem eckigen Gesicht beugt sich über ihn. „Herr Schulte", schreit er ihm ins Ohr, „wissen Sie, wo Sie hier sind?"

Tobias öffnet die Augen. Warum schreit der denn so?, denkt er, ich bin ja nicht taub. Und natürlich weiß ich, wo ich bin. Ich wäre schließlich liebend gern woanders.

„Im Krankenhaus", stöhnt Tobias.

„Und in welcher Stadt?"

„In Bonn", sagt er, schließt die Augen und hofft, dass das Verhör damit endlich beendet ist.

Doch weit gefehlt. „Ja, Sie sind in der LVR-Klinik. Auf der Stroke Unit, der Intensivstation. Sie hatten einen Schlaganfall." Tobias blinzelt, und der Arzt schaut ihn mit großen Augen an. „Können Sie sich daran erinnern, was passiert ist?"

Vor seinen Augen taucht ein Bild auf. Er sitzt mit seiner Frau auf dem Sofa, und sie schauen einen Harry-Potter-Film. Seitdem ihre Tochter Verena ihren Harry-Potter-Podcast erfolgreich gestartet hat, wollte Martina ihre Erinnerung an den Anfang der Geschichte auffrischen. Gerade hat Harry einem Troll einen Zauberstab in die Nase gewuchtet, da verliert Tobias den Kontakt zur Geschichte. Und Martina wird hektisch. „Was ist mit dir los?", ruft sie. Er weiß gar nicht, was sie von ihm will. „Leg dich auf den Boden", sagt sie und zieht ihn vorsichtig vom Sofa. Sofort hat sie ein Telefon in der Hand. „Ich brauche einen Notarzt! Schnell!", sagt sie in den Hörer. „Mein Mann hatte einen Schlaganfall." „Nein", ruft Tobias. Doch der Laut, den er erzeugt, ist keine Sprache, sondern ein völlig undefinierbares Geräusch, einem Grunzen ähnlich. Er glaubt, dass seine Frau ihn reinlegt und in Wahrheit mit der Tochter telefoniert. „Ist das Verena?", fragt er, beziehungsweise möchte er fragen, doch seine Worte klingen wie von einem brüllenden Löwen, der schwerkrank ist. Er will sich aufrichten, aber seine Arme und Beine gehorchen ihm nicht. Er schafft nur ein paar hektische Bewegungen, sein linker Arm fliegt unkontrolliert durch die Luft und landet auf der rechten Schulter. Er erschrickt und versucht noch einmal aufzustehen, doch erneut ohne Erfolg. Daraufhin gibt er auf und legt sich willenlos auf den Boden. Schon bald klingelt es, Sanitäter reden mit seiner Frau, ein Arzt bestätigt, dass Tobias vermutlich einen Schlaganfall erlitten hat und verpasst ihm eine Spritze. Dann heben sie ihn auf eine Trage. Sein linker Arm baumelt in der Luft herum, seine Versuche, ihn neben seinen Körper auf die Trage zu legen, scheitern kläglich. „Mit Blaulicht?", hört Tobias eine junge Stimme fragen. „Ja, aber erst auf der B9", antwortet eine reifere Stimme.

Das war letzte Nacht. Jetzt ist es wieder hell, und Tobias antwortet nicht auf die Frage des Arztes, welche Erinnerung er hat. Er schließt lieber wieder die Augen, weil er noch etwas schlafen möchte.

Schlaganfall. Was für ein fürchterliches Wort. Ist er dafür nicht zu jung? Aber vielleicht gehört er jetzt endgültig zu den Älteren. Bisher hat Tobias sich noch recht jung gefühlt. Er ist dünn und sportlich, hat einen niedrigen Blutdruck und raucht nicht. Warnzeichen und Risikofaktoren für einen Schlaganfall gab es keine. Trotzdem hat es mich erwischt, und dann noch 20 Jahre früher als andere, denkt er. Tobias ist 58 Jahre alt.

Er betrachtet seine Umgebung. Sein Körper ist nahezu vollständig verkabelt. In beiden Armen stecken Kanülen, sein Puls wird ständig und auch sein Blutdruck stündlich automatisch gemessen. Dann brummt es, und an seinem Arm zieht sich die Manschette zusammen, bis langsam die Luft wieder entweicht. Er spürt seinen Herzschlag. Die gemessenen Daten sind am Monitor über dem Bett abzulesen, dort ist auch seine Herzfrequenz abgebildet. Die Elektroden des EKG kleben an Brust und Rücken. Ob etwas passiert, wenn ich mal 30 Sekunden die Luft anhalte?, fragt er sich. Ob es piepsen würde und daraufhin panisch Pfleger und Ärzte angerannt kämen?

Das Nachdenken hat ihn ermüdet, er schläft ein. Als er aufwacht, sitzt seine Frau Martina neben dem Bett. Er will sie mit beiden Händen berühren, doch die linke Hand gehorcht nicht und lässt sich nicht bewegen. Er bittet Martina, genau zu erzählen, was vorgefallen ist, weil er sich nur an Bruchteile erinnert. Sie meint, es habe ausgesehen, als hätte er einen epileptischen Anfall gehabt, so unkoordiniert seien seine Bewegungen gewesen. Auch habe sein Gesicht schrecklich verzerrt ausgesehen. Als sie dann noch sagt, dass sie seine Worte nach dem Schlaganfall nicht verstehen konnte, fragt er besorgt, wie es denn jetzt sei. „Du klingst schon fast wie sonst", sagt sie. Mein Sprachzentrum scheint also nicht geschädigt zu sein, denkt Tobias, das beruhigt ihn ein wenig. Vielleicht gehorchen sein linker Arm und sein linkes Bein irgendwann auch wieder den Befehlen des Gehirns. Doch dann der Rückschlag: Als Martina seinen linken Arm streichelt, fühlt der sich wie taub an. Als sie seine Hand nimmt, drückt er zu. Das geht zumindest ein bisschen, immerhin. „Ich darf nicht so lange bleiben", sagt Martina. „Ich komme dich aber morgen auf jeden Fall wieder besuchen. Und Janina und Verena wollen auch bald kommen. Mal sehen, ob wir trotz Corona zusammen hier reindürfen." Tobias freut sich auf die Vorstellung, seine Töchter zu sehen. „Dein Augenlid hängt etwas herunter. Das solltest du mit dem Arzt besprechen", sagt Martina noch, bevor sie den Raum verlässt.

Tobias trägt ein Krankenhausnachthemd, das hinten nur am Hals einen einzigen Knopf hat. Ein Pfleger kommt herein, sagt etwas von Blutzucker messen und sticht ihm mit einer kleinen Nadel in den Finger, bevor er ein Gerät an den austretenden Blutstropfen hält. Es piepst. "Alles in Ordnung", sagt er nur und ist auch schon wieder verschwunden. Kurz darauf kommt eine junge Frau und stellt sich als Logopädin vor. Er soll fünfmal ganz schnell hintereinander erst „Panzerknacker" und dann „Spartakus" sagen. Etwas genervt tut er ihr den Gefallen. Sie scheint mit dem Ergebnis zufrieden zu sein. Und sie erklärt: „Das P wird vorn mit den Lippen geformt, das Z und das T werden am Zahndamm und das K hinten im Gaumen gesprochen. Bei Ihnen hört sich alles gut an." Danach fordert sie ihn auf, abwechselnd einen Kussmund zu formen und breit zu lachen und die Zähne zu zeigen. Tobias gehorcht und ist erleichtert, dass Martina jetzt in diesem Augenblick nicht zu Besuch kommt, während er die hellblonde Logopädin immer wieder durch die Luft küsst und anlacht.

Am Abend wird ein zweites Bett ins Zimmer gefahren. Tobias ist nicht länger allein. Er kann aber nichts sehen, ein Vorhang verdeckt den Blick auf das Bett neben ihm. Dafür hört er umso mehr. Sein Zimmernachbar schnarcht die ganze Nacht hindurch, Tobias macht kein Auge zu, wälzt sich von einer Seite zur anderen und passt dabei auf, dass die Kabel vom EKG und dem Blutdruckmessgerät sich nicht lösen, sonst ginge der Alarm los. Aber warum gibt es hier eigentlich keine Ohrenstöpsel?

Irgendwann wird es wieder hell, und nebenan ruft eine Stimme: „Hilfe!" Eine Pflegerin und ein Pfleger kommen angelaufen. „Warum fesseln Sie mich?", empört sich der neue Patient. Seine Stimme ist kaum verständlich. „Das ist das Blutdruckmessgerät, Herr Behrendt", erklärt ihm die Schwester. „Für die Messung zieht es sich kurz zusammen, danach löst sich der Druck wieder." – „Warum tun Sie mir weh? Hilfe!" Behrendt versteht nicht, was passiert. „Wissen Sie denn, wo Sie sind, Herr Behrendt?", fragt der Pfleger übertrieben laut. Tobias versucht, nicht hinzuhören. Den Dialog kennt er zur Genüge. Er ist ohnehin sicher, dass Herr Behrendt die Antwort nicht kennt. Dessen krächzende Stimme kann er inzwischen gar nicht mehr verstehen, so dass er nicht einschätzen kann, wie sehr Behrendts Gehirn in Mitleidenschaft gezogen worden ist. Bei seinem eigenen Gehirn fragt Tobias sich schon die ganze Zeit, wie es wohl gerade den Schlaganfall verarbeitet. Das von Behrendt dürfte vor noch größeren Herausforderungen stehen.

Tobias versucht, sein Denkvermögen zu testen. Er überlegt, wie seine Familienmitglieder heißen, seine Frau, seine Töchter, sein Bruder, dessen Frau und Tochter, seine Schwester, seine bereits gestorbenen Eltern und Großeltern. Dann die Geschwister seiner Frau und deren Kinder und Enkel. Ihm fällt alles ein, auch die Namen seiner Freunde, seiner Lieblingsautoren und die Startaufstellung der viertklassigen Fußballmannschaft seiner Heimatstadt. Diese elf Namen sind nun wirklich nicht allgegenwärtig, und er ist erleichtert, dass er sie sofort parat hat. Trotzdem rechnet er vorsichtshalber noch ein paar mathematische Aufgaben im Kopf. Auch das klappt. Mein Gehirn arbeitet ganz gut, findet er. Zum Glück ist die linke Gehirnhälfte, die für so vieles zuständig ist, was man im Leben benötigt, vom Schlaganfall nicht in Mitleidenschaft gezogen worden.

Das Frühstück kommt. Mit der rechten Hand kann er alles machen, die linke hingegen gehorcht ihm nicht. Als er das Tablett heranziehen möchte, greift sie ins Leere. Die Krankenschwester erkennt seine Hilflosigkeit und schmiert ihm ein Brötchen mit Honig. Es schmeckt köstlich. Der Kaffee ist allerdings nicht mit Vollmilch, sondern mit Kondensmilch verrührt. Beim Abräumen fragt er, ob er künftig Vollmilch zum Kaffee haben könnte. Natürlich, sagt die Schwester.

Er macht die Augen zu, in der Hoffnung, noch etwas zu schlafen, was aber nicht gelingt, weil er die ganze Zeit überlegt, ob er jemals wieder arbeiten und Romane schreiben kann. Da kommt eine Ärztin. Sie fragt nach seinem Befinden und macht Tests, um zu sehen, wie beweglich seine linke Seite im Vergleich zur gesunden rechten ist. „Tippen Sie mal mit dem rechten Zeigefinger auf Ihre Nasenspitze." Tobias gehorcht. „Und jetzt mit links." Sein Arm beschließt mal wieder, ein Eigenleben unabhängig vom sonstigen Körper zu führen und flattert orientierungslos durch den Raum. Er konzentriert sich, zwingt sein Gehirn, zu gehorchen. Irgendwann kann er den Arm in die gewünschte Richtung bewegen. Sein Zeigefinger landet allerdings nicht auf der Nase, sondern neben dem Mund. „Das ist schon ganz gut", sagt die Ärztin. Tobias soll es gleich noch einmal versuchen und trifft seine Stirn. Er ist frustriert, doch sie sagt: „Keine Sorge, das wird mit jedem Mal besser werden." Dann soll er seine rechte Ferse auf dem linken Knie ablegen und am Schienbein entlang abrollen. Mit rechts klappt es, danach mit links nur in Ansätzen. „Sie sind schon ziemlich weit", sagt die Ärztin. „Morgen wird es noch besser klappen. Sie können das gern auch allein üben."

Kurz darauf kommt ein Pfleger herein, er hat einen Rollstuhl dabei und verkündet: „Wir müssen ein MRT machen." Er hilft Tobias in den Rollstuhl, und schon geht es los. Er macht richtig Tempo auf dem Klinik- flur, Tobias' Nachthemd flattert im Fahrtwind, sein Rücken ist nackt. Aber hier muss ihm nichts peinlich sein. Den anderen geht es nämlich nicht besser. Eher im Gegenteil. Die hier mit ihren Rollstühlen gepark- ten Männer sehen nicht so aus, als wäre bei ihnen mor- gen schon alles besser.

Sie kommen zu einem großen Untersuchungsraum. „Wissen Sie, was ein MRT ist?", fragt ein sehr junger Arzt mit vollem dunklen Haar und Hornbrille. Tobias bejaht und weist darauf hin, dass nach seiner Auf- nahme schon eins gemacht worden sei. „Stimmt. Aber danach sind Sie operiert worden. Ihnen wurde ein Blutgerinnsel entfernt. Jetzt wollen wir sehen, wie die Blutversorgung Ihres Gehirns ist." „Ich bin operiert worden?", fragt er erstaunt. „Ja, man hat Ihnen endoskopisch durch die Leiste den Thrombus im Gehirn entfernt, der die Blutversorgung in Ihrem Kopf blockiert und den Schlaganfall ausgelöst hat." Verängstigt will Tobias wissen, ob sein Gehirn dabei eventuell einen dauerhaften Schaden genommen haben könnte. Der Arzt verneint das. „Die Technik ist da sehr weit entwickelt, da müssen Sie sich keine Sorgen machen", sagt er, während er ihm einen Kopfhörer aufsetzt. Dann wird Tobias in eine weiße Kunststoffröhre geschoben. Trotz des Kopfhörers hämmert es laut in seinen Kopf hinein. Metallisches Klopfen wie bei den Einstürzenden Neubauten und rhythmische, fast musikalische Schläge wechseln sich ab. Es gibt Clubs, da muss man für ein solches Sounderlebnis viel Eintritt zahlen, denkt er, bei mir übernimmt die Krankenkasse die Kosten. Nach etwa 30 Minuten ist das Konzert vorbei und Tobias wird aus der Röhre herausgefahren.

2 Loretta

Kaum hat der Pfleger ihn auf die Station zurückgebracht, kommt das Mittagessen. Es ist halb zwölf. Tobias hat, als eine Pflegerin ihn fragte, das vegetarische Essen bestellt. Er isst nicht besonders gern Fleisch, und nach seiner Erinnerung entspricht die Krankenhauskost mit fettigen Fertigsaucen, Pommes Frites und süßen Puddings nicht unbedingt den Ernährungsempfehlungen für Schlaganfallpatienten.

Behrendt schimpft wieder laut vor sich hin, Tobias versteht aber nur die Hälfte. Mit der Zeit wird sein Zimmernachbar leiser, er hat die Hoffnung wohl aufgegeben, dass ihm jemand zur Hilfe kommt.

Plötzlich öffnet sich die Tür unseres Zimmers, und Martina kommt herein. Meine Lebenretterin, denkt Tobias. Sie setzt sich auf die Bettkante und ergreift seine rechte Hand. Instinktiv hat sie die richtige erwischt, die, an der er jede Berührung so spürt wie früher. Die linke Seite will immer noch nicht so recht zu seinem Körper gehören. Nachdem er ihr versichert hat, dass es ihm etwas besser gehe, bietet er ihr ein Stück von der Frühlingsrolle mit Reis an. „Schmeckt ganz gut", sagt er. Sie probiert und nickt zustimmend. Dann will sie wissen, was die Ärzte sagen. „Sie sind zufrieden mit mir", sagt Tobias. „Sie glauben, dass ich mich vollständig erholen werde. Vor allem, weil du so schnell reagiert und sofort den Krankenwagen gerufen hast." „Und kann sich das jetzt jederzeit wiederholen?", will sie wissen. „Ich nehme jetzt Medikamente, einen Blutverdünner und einen Cholesterinsenker. Die Ärzte meinen, dass so ein weiterer Schlaganfall verhindert wird", antwortet er. „Aber sicher sind sie nicht?". „Sicher ist nichts im Leben. Ich kann auch vom Auto überfahren werden", sagt er, die Ärztin zitierend, der er dieselbe Frage gestellt hatte. „Aber das wird schon. Wir schaffen das zusammen." Er lächelt sie an, und sie ergreift jetzt auch seine linke Hand und drückt sie. Tobias erwidert den Druck so fest er kann.

„Was brauchst du denn? Was kann ich dir mitbringen?", fragt Martina.

„Ein paar Bücher", sagt Tobias spontan. Martina schaut ihn verwundert an. „Ich dachte eher an eine Zahnbürste, einen Schlafanzug oder Wäsche zum Wechseln." „Ok, das auch. Obwohl ich hier eine Zahnbürste bekommen habe und auch ein Nachthemd."

„Und was ist mit dem Auge?", will Martina wissen. Tobias sagt nichts. Er hat die Ärzte noch nicht darauf angesprochen. „Ich werde selbst mal fragen, wenn ich einen Arzt sehe", meint sie.

Behrendt ist offenbar müde geworden, man hört nichts mehr von ihm. Für einem Moment stellt Tobias sich vor, wie es wohl wäre, wenn er allein leben würde. Ist das Behrendts Schicksal? Sein Zimmernachbar hat bisher keinen Besuch bekommen. Wer hätte einen Krankenwagen gerufen, wenn ich keine Familie hätte, fragt sich Tobias, wer säße an meinem Bett, um mir Kraft zu geben? Überhöht er seine Familie jetzt?

Natürlich streiten Martina und er im Alltag manchmal, aber in Krisenzeiten rückt die Familie zusammen. Die kleinen Probleme sind dann nicht mehr wichtig.

Nachmittags kommt die Physiotherapeutin, Frau Schneider. Sie setzt ihm zum Schutz vor dem Coronavirus eine OP-Maske auf, weil sie gleich den Raum verlassen werden, und hilft ihm in den Rollstuhl, den sie mitgebracht hat. Dann fährt sie Tobias auf den Flur, wo sie neben einer Wand mit einem Handlauf anhält. „Versuchen Sie doch mal aufzustehen", sagt sie. „Achten Sie darauf, dass Sie beide Seiten gleichmäßig belasten." Gut, dass sie das sagt, denn als er sich hinstellt, droht er, links wegzusacken. Konzentriert spannt er die Wadenmuskeln an und gewinnt so langsam Halt und Sicherheit. Stolz schaut er Frau Schneider an, die aber nur kurz einwirft: „Jetzt bitte nochmal." Er setzt sich und richtet sich wieder auf, diesmal kommt er ohne großes Gewackel in den Stand. Frau Schneider ist zufrieden, anschließend läuft er noch ein paar Schritte, wobei sie ihn entweder stützen oder er sich am Handlauf festhalten muss. Mit jedem Schritt droht er nach links umzukippen. Dann sagt auch sie den Satz, den er seit gestern schon mehrfach gehört hat: „Das wird jetzt mit jedem Tag etwas besser."

Nach einer Weile verpflanzt Frau Schneider ihn wieder in den Rollstuhl und schiebt ihn zurück ins Zimmer. Vor seinem Bett soll er sich noch einmal hinstellen. Es klappt, aber dann macht sie einen kleinen Schritt in seine Richtung, so dass er spontan einen

Schritt nach links ausweicht, dabei aber sein Gewicht nur ungenügend verlagert und hin und her taumelt. Schließlich kann er das Gleichgewicht nicht mehr halten und stürzt. Mit dem Arm und der Hüfte stößt er an den Nachttisch. „Ist alles in Ordnung, Herr Schulte?", fragt Frau Schneider hektisch, dann hilft sie ihm hoch, bis er wieder alleine stehen kann. „Geht schon wieder, nichts passiert", sagt er schnell. Sie keucht. „Das ist schon seit über zehn Jahren nicht mehr vorgekommen, dass einer meiner Patienten gestürzt ist", sagt sie. Ihre dunklen Augen strahlen jetzt nicht mehr so wie zu Beginn der Therapiestunde. „Es war ja nicht Ihre Schuld", versucht Tobias sie zu beruhigen. Sie hingegen meint: „Aber es liegt in meiner Verantwortung", und er vermutet, dass sie eine unruhige Nacht vor sich haben wird.

Seine eigene Nacht ist ebenfalls nicht gerade von Ruhe geprägt. Herr Behrendt wälzt sich ständig hin und her, stöhnt hie und da und grummelt laut vor sich hin. Plötzlich ertönt ein lauter Schrei: „Loretta!" Tobias denkt an die Mitglieder der Volksfront von Judäa, die im Film „Leben des Brian" in der römischen Arena eine Tüte Otternasen kaufen. Entweder gibt es noch mehr Lorettas auf dieser Welt, oder ich lerne vielleicht in den nächsten Tagen Eric Idle von den Monty Pythons kennen, wenn er Herrn Behrendt besuchen kommt, denkt Tobias. Noch einmal ruft Behrendt sehr laut nach Loretta, aber irgendwann ist Ruhe.

Tobias schläft trotzdem schlecht, findet nie die richtige Position, dreht sich von einer Seite zur anderen, weil die Kabel stören, denkt an seine verschlossene Halsschlagader und wartet auf den nächsten Schicksalsschlag. Ein Wasserfall düsterer Visionen prasselt auf ihn herab. Diesmal, so befürchtet er, könnte im schlimmsten Fall mein ganzer Körper gelähmt sein. Er schüttelt den Gedanken ab, macht das Kopfteil des Bettes hoch und, weil er immer noch nicht schlafen kann, bald wieder runter. Er ist hellwach, als hätte er mitten in der Nacht einen doppelten Espresso getrunken. Seine blauen Flecken vom Sturz am Nachmittag schmerzen.

3 Kontrollverlust

Es beginnt gerade zu dämmern, da geht es wieder los. Behrendt ruft um Hilfe, er erhofft sie sich auch diesmal von Loretta. Tobias liegt müde im Bett, hat kaum geschlafen, weil er voller Anspannung war und sich die ganze Nacht über gefragt hat, ob sich bald wieder ein Blutgefäß in seinem Körper verschließen könnte.

Er versucht sich abzulenken, indem er übt, mit dem linken Zeigefinger seine Nasenspitze zu treffen. Er landet unmittelbar neben der Nase, womit er ziemlich zufrieden ist. Dann das Bein: Mit der linken Ferse trifft er sein rechtes Knie, anschließend gleitet er nicht besonders elegant, sondern eher holprig am Schienbein entlang nach unten. Immerhin. Die Ärzte wären bestimmt stolz auf ihn, wenn sie das gesehen hätten.

Durch das offene Fenster fliegen ein paar Pollen herein, er sieht sie zwar nicht, aber es kribbelt fürchterlich in seiner Nase, so dass er schließlich laut niesen muss.

„Hallo", ruft Herr Behrendt sofort. Tobias reagiert nicht. „Hallo, wer ist denn da? Helfen Sie mir!", ruft er. „Ich kann Ihnen nicht helfen, ich bin selbst Patient", antwortet Tobias durch den Vorhang. „Sie müssen die Klingel drücken, dann kommt jemand." Weil Behrendt nicht aufhört zu lamentieren, klingelt Tobias einige Minuten später selbst. „Der Kollege braucht Hilfe", sagt er, als eine Krankenschwester den Raum betritt. Behrendt sagt zwar nicht, wobei er Hilfe benötigt, aber immerhin weiß er diesmal die richtige Antwort auf die beliebte Frage, wo er sei. Allerdings will er nicht einsehen, dass Krankenhaus auch bedeutet, dass regelmäßig Untersuchungen vorgenommen werden. Als die Schwester erklärt, er habe eine Gürtelrose, die sich im Gehirn ausgebreitet habe, bekommt Tobias Mitleid mit seinem Zimmernachbarn und findet sein eigenes Schicksal gar nicht mehr so schlimm. Daneben klingt Schlaganfall fast wie ein Wellness-Urlaub.

Behrendt lässt sich nicht beruhigen. „Wir drehen Sie mal auf die Seite", sagt die Schwester gerade. Inzwischen ist zur Unterstützung ein Pfleger dazugekommen. Sie heben Behrendts Körper zu zweit an und drehen ihn auf die andere Seite. „Aua", schreit er. „Hau ab, du Arschloch! Du tust mir weh!" Pfleger ist auch kein Traumberuf, denkt Tobias.

Sein Frühstücksbrötchen kann er diesmal selbst schmieren. Mit der linken Hand hält er das Brötchen fest. Als später die Ärzte kommen, trifft er lässig mit dem linken Zeigefinger die Nasenspitze und rutscht souverän mit der linken Ferse das rechte Schienbein entlang. Ich werde wieder ganz gesund, ist er in diesem Augenblick sicher.

Eine Stunde nach dem Frühstück muss er zur Toilette. Allein aufzustehen ist ihm untersagt, vor allem nach dem Sturz gestern, also klingelt er. „Ich hole Ihnen eine Flasche", sagt die herbeigeeilte Krankenschwester. Am Vortag hatte ein Pfleger ihn im Rollstuhl ins Bad gefahren und auf die Toilette gehoben.

„Können Sie das alleine?", fragt sie. „Ich versuche es mal", antwortet Tobias. Unter der Decke fummelt er seinen Penis in den Flaschenhals, es kann losgehen. Könnte es jedenfalls. Doch er schafft es nicht im Liegen. Es kommt nichts, obwohl er starken Druck auf der Blase verspürt. Die Schwester sieht ihn erwartungsvoll an. „Geht es?" „Noch nicht", sagt er und konzentriert sich. Er denkt daran, wie schwer es ihm fällt, im Meer zu pinkeln. Doch das ist nichts gegen die Situation hier, im Liegen und von der Schwester neugierig beäugt. „Ich komme schon klar", sagt er zur Schwester. „Ich melde mich dann, wenn ich fertig bin."

Er schiebt die Flasche hin und her, bewegt sie auf und ab. Es sieht etwas zweideutig aus, wie sich die Decke hebt und wieder senkt. Zum Glück kommt niemand herein und fragt, was er da macht. Irgendwann klappt es tatsächlich mit dem Pinkeln. Ein heftiger Strahl landet in der Flasche, er hat viel getrunken seit dem Frühstück. Nach einiger Zeit hat Tobias das Gefühl, dass die liegende Flasche nichts mehr aufnehmen kann und der Urin jeden Augenblick zurückfließen wird. Unglücklicherweise stößt er mit einer unkontrollierten Bewegung des linken Beins an die Flasche, und umgehend wird es etwas feucht zwischen seinen Beinen. Er findet es plötzlich sehr sinnvoll, dass er unter dem Laken einen Gummibezug hat und außerdem mit dem Hintern auf einer saugfähigen Unterlage liegt. Er drückt die Klingel und überreicht der Schwester mit einem gewissen Stolz die Flasche, um anschließend kleinlaut mitzuteilen, dass die Unterlage etwas nass geworden sei. Ohne einen Kommentar nimmt sie sich routiniert der Sache an, tauscht die Unterlage aus und wäscht mit einem Einwegwaschlappen seinen Intimbereich, wie sie es formuliert. Schnell liegt er wieder trocken. „Vielleicht kann ich beim nächsten Mal doch auf die Toilette gehen", schlägt Tobias vor. Sie sagt nichts dazu.

Eine weitere Untersuchung steht an. Per Ultraschall werden die Halsschlagadern von Tobias begutachtet. Die rechte ist verschlossen, vermutlich ist sie eingerissen und hat sich dann zugeklappt, hat der Arzt gesagt, der aber trotzdem ganz zufrieden ist, denn auf der linken Seite wird das Blut ohne Hindernisse ins Gehirn gepumpt. „Ihr Körper hat sehr gute Umleitungssysteme gefunden", erklärt ihm der Arzt, „so dass auch die rechte Gehirnhälfte über die linke Halsschlagader ausreichend mit Blut versorgt wird. Das ist längst nicht bei jedem Patienten so. Wir müssen keinen weiteren operativen Eingriff vornehmen." Sein Optimismus ist ansteckend, auch Tobias ist mit der Erklärung zufrieden. Zurück im Zimmer greift er zu seinem Handy, das auf dem Nachttisch liegt, um Martina eine Nachricht zu schicken. Hat meine Frau das Telefon bei einem ihrer Besuche mitgebracht oder hatte ich es in der Hosentasche, als ich den Schlaganfall hatte?, fragt er sich, weiß aber keine Antwort. Es ist fast übergelaufen, zahllose Mails, SMS, Sprachnachrichten, WhatsApp-, Messenger- und Signal-Nachrichten sind eingegangen. Martina hat offenbar auf der Arbeit Bescheid gegeben, viele Kolleginnen und Kollegen haben sich gemeldet, auch Nachbarn und Freunde. Aus jedem Satz liest Tobias echtes Entsetzen heraus. Sie alle dürften wohl ein Bild vor Augen haben, auf dem er halbseitig gelähmt im Rollstuhl sitzt und ihm der Sabber aus dem Mund läuft. Er versucht die Sorgen seiner Freunde zu entkräften, indem er ihnen antwortet und so demonstriert, dass er schon wieder sein Mobiltelefon bedienen und Nachrichten verschicken kann. Und er teilt Ihnen mit, dass Arme und Beine sich spürbar erholen und er schon wieder ein paar Schritte gehen kann. Umgehend gehen freudige Antworten ein, Freunde wünschen ihm Kraft und Gesundheit.

Wie zum Beweis seines Optimismus kommt Frau Schneider, um ihn zum Aufstehen und Laufen zu motivieren. „Haben Sie eine Jogginghose hier?", fragt sie. „Ich besitze so etwas nicht", sagt er und muss an den berühmten, klugen Satz von Karl Lagerfeld über dieses Kleidungsstück denken. Dann erinnert er sich, dass Martina bei ihrem vorletzten Besuch gesagt hat, sie wolle einen Schlafanzug mitbringen und für die Physiotherapie eine Jogginghose kaufen. „Vielleicht hat meine Frau aber eine besorgt. Schauen Sie doch mal nach." Tobias zeigt auf die Tasche, die Martina neben dem Bett abgestellt hat.

Frau Schneider legt drei Bücher auf den Nachttisch und zieht dann freudig eine Jogginghose aus der Tasche. „Na also", sagt sie. „Sogar das Schild ist noch dran", stellt sie lachend fest, reißt es ab und hält ihm das graue Monstrum hin. Er verdreht die Augen, aber dann richtet er sich auf und zieht mit Hilfe von Frau Schneider die Jogginghose an, dabei darauf achtend, dass sie die blauen Flecken an seiner Hüfte und dem Ellenbogen nicht sieht. „Können Sie aufstehen?", fragt sie. Er zieht sich hoch, sie stützt ihn, damit er nicht noch einmal hinfällt. Die Hose schlabbert unförmig an ihm herunter. Lagerfeld hatte völlig recht, denkt Tobias.

Frau Schneider scheint das anders zu sehen, denn sie sagt nichts zu seinem Outfit. Vermutlich ist sie noch viel schlimmere Anblicke gewohnt. Aufstehen und Gehen klappen heute viel besser. Tobias belastet bewusst die linke Seite und steht fast so sicher wie immer auf den Beinen. Unvorstellbar, dass ich noch einmal umkippe, denkt er überheblich.

Frau Schneider verschärft das Programm. Er muss im Flur auf einer Linie entlanglaufen und Fuß vor Fuß setzen. Danach das Gleiche rückwärts. Dann mit geschlossenen Augen. Dabei driftet er nach links ab, so dass sie ihn stützen muss. Dann soll er während des Gehens abwechselnd nach links und rechts schauen. Doch während er nach rechts blickt, biegt sein Körper ungeplant nach links ab, da braucht das Gehirn wohl noch etwas Training. Der Vorfall erinnert ihn an seine erste Fahrstunde, in der er, als der Fahrlehrer meinte, Tobias solle nach rechts schauen, automatisch das Lenkrad nach links drehte. Der Fahrlehrer musste einschreiten, damit der Wagen nicht auf die Gegenfahrbahn geriet. Hier übernimmt Frau Schneider diese Funktion.

Am nächsten Tag überlegt sich Frau Schneider neue Schikanen. Er geht wieder mit geschlossenen Augen oder soll, ohne sich festzuhalten, das linke Bein vor das rechte stellen und dann in die Knie gehen. Das klappt so leidlich, aber Tobias würde lieber Treppensteigen üben als hier auf dem Flur Pirouetten zu drehen. „Machen wir morgen", sagt Frau Schneider. „Aber diese Übung ist auch wichtig für Sie, denn Sie trainieren Kraft, Koordination und Gleichgewichtssinn."

Später kommen Martina und seine große Tochter Janina zu Besuch. Janina ist Ergotherapeutin und hat ein paar Hilfsmittel mitgebracht, mit denen er seinen linken Arm trainieren soll. Sie war nicht angemeldet, aber an der Rezeption haben sie gesagt, dass sie zu mir wollen. Eigentlich ist wegen Corona nur eine Besucherin erlaubt. Verena war deshalb neulich allein gekommen, Martina wartete währenddessen die ganze Zeit draußen. Janina hingegen ließ sich am Eingang nicht abwimmeln: „Ich bin die Ergotherapeutin, sie ist die Angehörige", erklärte sie dem Pförtner, und schon waren sie beide drin. Seine Tochter hat sogar Rasierzeug dabei. Von einer befreundeten Altenpflegerin hat sie sich zeigen lassen, wie man einen Mann rasiert.

Doch Tobias verkündet, dass er es selbst machen will. Sie füllt eine Schüssel mit Wasser, setzt sich vor ihm aufs Bett und reicht ihm den Rasierschaum. Er schmiert sich den Schaum ins Gesicht und beginnt dann routiniert mit der Rasur. Es klappt, ohne dass Blut fließt. Martina schaut trotzdem weg, fällt Tobias auf. Sie mag das kratzende Geräusch nicht, das entsteht, wenn er die Klinge über die Stoppeln zieht.

4 Hagebuttentee

Ich mache weiter Fortschritte, meine Arme und Beine gehorchen mir weitestgehend wieder, die Nasen- und Knieübungen beherrsche ich inzwischen schon mit geschlossenen Augen, freut sich Tobias am nächsten Morgen. In Sachen Feinmotorik hat er aber noch Arbeit vor sich.

Doch er kann Bücher lesen, versteht und behält sogar alles. Auch das Pinkeln ist einfacher geworden. Er legt die Flasche jetzt im Sitzen an, das klappt wunderbar. Als er nach dem Frühstück zum ersten Mal ins Bad gehen darf, begleitet ihn ein Pfleger. Tobias wäscht sich und putzt die Zähne. Der Pfleger lobt ihn. Von jetzt an geht Tobias ohne Hilfe auf die Toilette, Frau Schneider und die Ärzte haben zugestimmt. Das Leben wird langsam wieder normaler, und er tut alles, damit sein Gehirn wieder so arbeitet wie er es kannte. Doch die Sicherheit, dass sein Leben wieder so unbeschwert wird wie früher, fehlt.

Auf dem Weg vom Bad zurück zum Bett muss er an Behrendt vorbei. Dessen Krankenhauskittel ist hochgerutscht, und er streckt seinen nackten, sehr dicken, ballonähnlichen Bauch in die Luft. Tobias schaut schnell woanders hin.

Schon bevor er allein ins Bad gehen durfte, hat Frau Schneider ihm gesagt: „Sie sind unser fittester Patient." Er kann zwar nur mit Mühe alleine stehen und essen, aber wenn er an Behrendt denkt, wird ihm klar: Doch, das kann stimmen. Als ein Bett für eine Neuaufnahme gebraucht wird, wird er bereits auf die Normalstation verlegt. Abschied von der Stroke Unit und von Herrn Behrendt. Loretta ist immer noch nicht gekommen, ich werde sie nicht mehr kennenlernen, bedauert Tobias.

Er zieht in ein Einzelzimmer. Und was noch besser ist: Er muss nicht mehr Tag und Nacht die Kabel von Blutdruckmessgerät und EKG tragen. Der Blutdruck wird jetzt einmal am Tag von einer Pflegerin gemessen. Nach dem Frühstück liest er etwas, dann ist Visite, inzwischen eine Routine, die nach der Standardfrage „Wie geht es Ihnen heute?" meist schnell beendet ist. Die Ärzte finden an ihm nichts mehr interessant, fast alle Untersuchungen sind abgeschlossen. Und ihm fallen langsam auch keine Fragen mehr ein. Was alles passieren kann und wie er versuchen kann, einem weiteren Schlaganfall vorzubeugen, nämlich nicht viel, haben sie längst besprochen.

Irgendwann ist es zehn Uhr, seine Augen sind vom Lesen müde geworden, und ihm wird langweilig. Besuch erwartet Tobias heute nicht, denn die Klinik hat wegen Corona strenge Regeln. Frau Schneider kommt erst nachmittags wieder, um mit ihm Treppen zu steigen, bis dahin passiert hier wenig. Er freut sich auf das nächste Highlight des Tages, das Mittagessen um 12 Uhr. Ihm fallen die Augen zu, sein Gehirn sehnt sich nach Ruhe. Pünktlich zum Essen wacht er wieder auf.

Sobald er richtig wach ist und gegessen hat, trainiert

er weiter seine motorischen und die Hirnfähigkeiten: Laufen, Lesen, Übungen zur Kräftigung des linken Arms sowie Gehirntraining mit einer CD, die ihm Janina zusammen mit seinem Laptop mitgebracht hat. Dazu viel Schlaf, das ist wichtig für die Regeneration, hat der Arzt gesagt.

„Sie sind hier ein jugendlicher Patient", meint Frau Schneider diesmal, als sie im Treppenhaus ins nächste Stockwerk klettern. Und das mit 58. In den letzten Tagen hat er sich älter gefühlt, doch jetzt macht ihn die schnelle Genesung zu einem Jugendlichen. Er lacht und nimmt sich vor, Frau Schneider beim Treppensteigen seine Jugend zu demonstrieren. Die Stufen fallen ihm tatsächlich leicht, und sie spart nicht mit Lob. Treppabwärts ist es jedoch viel unangenehmer: Das linke Bein zu belasten, erfordert ungewohnt viel Kraft und Konzentration, er muss achtgeben, dass ihm das Knie nicht wegsackt. Trotzdem sagt Frau Schneider, dass er dafür, dass der Schlaganfall erst wenige Tage zurückliegt, schon sehr weit ist. Neben seinem Alter sei vor allem die schnell gerufenen Hilfe der entscheidende Faktor für die schnelle Erholung. Time is brain, sagen die Hirnforscher, um zu erklären, dass man sich schneller und vollständiger erholen kann, wenn umgehend Hilfe gerufen wurde. Und ich bin der lebende Beweis, denkt Tobias. Der jugendliche Beweis.

Zum Abendesen gibt es zwei Scheiben Graubrot und zwei Scheiben geschmacklosen Käse dazu. Außerdem Schmierkäse. Den hat er seit Anfang der

80er Jahre nicht mehr gegessen. Das Krasseste aber ist der Hagebuttentee, der ihn an schlimmste Jugendherbergsaufenthalte zu Schulzeiten erinnert. Für den nächsten Abend wünscht er sich Fencheltee. Die Auswahl ist schließlich begrenzt.

Am nächsten Tag steht doch noch eine Untersuchung an. Wieder holt ihn ein Pfleger mit einem Rollstuhl ab. Inzwischen hat Tobias keinen Krankenhauskittel mehr an, der durch den Flur wehen könnte, sondern trägt ganz seriös ein T-Shirt und die graue Jogginghose. Die Ärzte wollen sein Herz untersuchen, wollen nachschauen, ob sich im Vorhof eventuell auch Blutgerinnsel gebildet haben, die sich lösen und irgendwo im Körper Arterien verstopfen könnten. Dazu wird in seine Speiseröhre ein Schlauch mit einer Ultraschallkamera eingeführt. Zum Glück wird er vorher anästhesiert. Als er in seinem Zimmer aufwacht, kann er sich an den Eingriff nicht erinnern, fühlt sich aber zum ersten Mal seit Tagen ausgeschlafen. Ohne dass die Konzentration nachlässt, kann er danach eine knappe Stunde lesen und noch einige SMS beantworten.

Später am Abend juckt plötzlich sein Kopf. Er kratzt sich, und dadurch ausgelöst zieht ein angenehmer Schauer über seinen Rücken. Auch unter seiner Schädeldecke breitet sich ein wohliges Kribbeln aus. Er hat das Gefühl, dass seine Blutbahnen im Kopf gut versorgt sind.

5 Beim Augenarzt

Bei der letzten Visite hat Tobias dem Arzt endlich erklärt, dass sein Sichtfeld auf dem rechten Auge eingeschränkt ist. Es ist, als hielte jemand einen Finger vor die Linse. Außerdem hänge das Lid etwas schlaff herunter, habe seine Frau gesagt. Der Doc findet das zwar anscheinend harmlos und interessiert sich dafür nicht besonders, meint aber, als Tobias beharrlich bleibt: „Dann machen wir einen Termin beim Augenarzt." Zwei Tage später ist es so weit. Ein bärtiger Mann in Rot-Kreuz-Uniform kommt in das Krankenzimmer. Er hat einen Rollstuhl mitgebracht. Tobias hat, als die Krankenschwester ihn nach dem Frühstück auf die bevorstehende Untersuchung hinwies, seine Jogginghose und einen Pullover angezogen, denn der Frühling lässt auf sich warten, und es ist kalt auf den Fluren der Klinik.

Er sitzt fertig auf dem Bett, setzt sich in den Rollstuhl und schon geht es los. Draußen steht ein weiterer bärtiger Mann in weißer Uniform, der mit wichtigen Dingen beschäftigt zu sein scheint. „Der Typ soll sich um seinen eigenen Kram kümmern", sagt er sehr laut in sein Handy, während die beiden Tobias durch die Flure schieben. Sie erreichen den Ausgang. „Der Arzt ist doch hier im Haus, oder?", fragt Tobias vorsichtig. „Nein, wir fahren zur Kölnstraße", antwortet der junge Mann, der den Rollstuhl schiebt. Die Information kommt für Tobias überraschend, denn bisher waren alle Ärzte und alle Termine hier in der Klinik. Entsprechend ist er vorbereitet oder eben nicht vorbereitet. Seine Krankenkassenkarte liegt im Nachttisch, und auch sonst ist nichts, wie es sein sollte. Er schaut an sich hinunter. Unter seinem etwas ausgeleierten Sweatshirt sieht er die schlecht sitzende Jogginghose. Und an seinen Füßen – noch schlimmer – trägt er Pantoffeln. Inzwischen sind sie beim Krankentransporter angekommen. Einer der beiden Männer öffnet die hintere Tür und schiebt den Rollstuhl mit Tobias über eine Rampe in den Wagen. Kurz darauf geht es los. Der Fahrer telefoniert auch am Steuer weiter.

Die Kölnstraße ist nicht weit entfernt, nach wenigen Minuten stehen sie vor dem riesigen Ärztezentrum, einem ehemaligen Krankenhaus. Die bärtigen Herren folgen den Schildern und fragen sich durch, so dass sie nach einiger Zeit vor der Praxis des Augenarztes eintreffen. Tobias erhebt sich aus dem Rollstuhl und läuft in seinen Pantoffeln die letzten Schritte zur Rezeption. Die Arzthelferin nimmt seine Überweisung aus der Klinik entgegen und bittet ihn dann, im Wartebereich Platz zu nehmen. Auf dem Weg dorthin schaut er sich etwas verlegen um, ob ihn jemand beobachtet. Außer ihm sitzen noch zwei Frauen im Wartezimmer. Er schaut sie an, selbstverständlich tragen sie Straßenschuhe. Sie beachten sein Schuhwerk nicht oder lassen sich nichts anmerken.

Die Fahrer verabschieden sich und vereinbaren mit der Rezeptionistin, dass sie anrufen soll, wenn Tobias wieder abgeholt werden kann. Kurz darauf wird er aufgerufen. Eine Arzthelferin setzt ihn vor einen Kasten, mit dem sein Sichtfeld getestet werden soll. In der Mitte sind vier rote Punkte, daneben, so erklärt sie ihm, würden gleich weiße Punkte aufleuchten, mal heller, mal weniger hell. Immer wenn er die weißen Lichter sieht, soll er einen Knopf auf einem Stick drücken, den sie ihm in die Hand gedrückt hat. Sein Kinn legt er in eine Plastikschale. Das linke Auge wird bedeckt, es geht mit dem rechten Auge los. Dadurch sieht er die vier roten Punkte gar nicht mehr, sondern nur noch den untersten. Hin und wieder tauchen weiße Blitze auf, Tobias drückt fleißig auf den Knopf. „So, wir machen einen zweiten Durchgang", sagt die Arzthelferin. „Dabei wiederholen wir die Punkte, die Sie gerade nicht gesehen haben." Hin und wieder sieht er etwas Weißes aufleuchten und drückt. Dann passiert länger nichts, und irgendwann drückt er einfach mal auf Verdacht, weil er davon ausgeht, dass das Gerät so programmiert ist, dass es keine überlangen Pausen zwischen den Lichtern gibt.

Dann ist das linke Auge dran. Jetzt sieht er wieder alle vier roten Punkte in der Mitte des Kastens und kann auch viele weiße Lichter aufleuchten sehen. Er kommt mit dem Drücken kaum nach, so schnell blitzt es rechts, links, oben, unten und in der Mitte. "Sehr gut", sagt die Arzthelferin. Einen zweiten Durchgang gibt es diesmal nicht. Die zuständige Ärztin werde die Ergebnisse mit ihm besprechen, sagt sie und schickt ihn wieder ins Wartezimmer. Er hat das Gefühl, dass sie ihm auf die Füße schaut, als er weggeht.

„Herr Schulte, bitte!" Abermals wird er aufgerufen. Er geht in seinen Hausschuhen durch den langen Gang bis zum Ärztezimmer. Ein Mann im Rollstuhl kommt ihm entgegen, er ist elegant gekleidet. Eine junge Ärztin begrüßt Tobias, stellt sich vor und bittet ihn zu einem Gerät am Tisch. Sie setzt sich ihm gegenüber und leuchtet ihm so stark in die Augen, dass er fast nichts mehr sehen kann. Dann soll er mit dem linken Auge durch ein rundes Glas auf ihr rechtes Ohr schauen. Sie trägt einen exotisch anmutenden, sehr bunten Ohrring. „Jetzt nach oben schauen", sagt sie und Tobias sucht mit den Augen die Decke. „Nach rechts" und er verdreht die Augen. „Dann bitte nach links". Er gehorcht. „Und nach unten." Tobias richtet seinen Blick in die gewünschte Richtung und starrt der Ärztin in den Ausschnitt. Um nicht als Spanner zu gelten, dreht er die Augen schnell woandershin. „Nochmal nach unten, bitte!" Gut, denkt er, dann mache ich das halt. Er sieht nackte Haut und aus der oben aufgeknöpften Bluse ragt der Rand ihres roten BHs. Ob das Absicht ist, dass er ausgerechnet dorthin schauen soll? Er kann es sich nicht vorstellen.

„Auf der Netzhaut des rechten Auges gibt es eine Ablagerung, die Ihr Sichtfeld beeinträchtigt", sagt die Ärztin anschließend im Gespräch. „Es kann sein, dass sich während der Operation ein Teil des Blutgerinnsels aus ihrem Gehirn gelöst hat und die Blutbahn in der Netzhaut verstopft hat. Oder durch den Schlaganfall ist ein Blutgefäß im Auge angeschwollen. Das Gehirn ist aber in der Lage, diese Sehschwäche mit dem anderen Auge auszugleichen. Es wird eine Weile dauern, und wahrscheinlich wird Ihr rechtes Auge nicht mehr genauso wie früher. Aber im Alltag werden Sie gut zurechtkommen. Das Gehirn kann Wunder bewirken, das werden Sie sehen. In acht Wochen sollten Sie noch einmal wiederkommen, dann schauen wir uns ihr Auge noch einmal an." Auf seine Frage ergänzt sie: „Dass das Lid etwas herabhängt, ist dem Schlaganfall geschuldet. Das wird sich mit der Zeit normalisieren." Danke, sagt Tobias und steht auf. „Beim nächsten Mal komme ich auch ganz bestimmt in normalen Schuhen", sagt er, eine Entschuldigung für sein Outfit suchend. „Ich dachte, mein Arzttermin ist in der Klinik." Sie schaut auf die Hausschuhe: „Ist mir gar nicht aufgefallen. Was meinen Sie, wie die Patienten hier manchmal aufschlagen! Das können Sie sich gar nicht vorstellen. Ich wünsche Ihnen gute Besserung."

Zurück in seinem Zimmer schreibt Tobias in die WhatsApp-Gruppe der Familie, wie er sich mit den Schlappen bei der Augenärztin blamiert hat. Verena antwortet sofort: „Papa, du hast wirklich die Kontrolle über dein Leben verloren."

6 Back Home Again

Die Ärzte geben Tobias immer deutlicher zu verstehen, dass sie nicht mehr viel für ihn tun können. Jetzt ist eine Reha und kein Klinikaufenthalt mehr angesagt, doch bis zur vollständigen Wiederherstellung wird er noch sehr viel Geduld aufbringen müssen. In den ersten Tagen waren die Fortschritte riesengroß, praktisch über Nacht hatte sich seine linke Seite, die zunächst wie ein Fremdkörper an ihm hing, erholt und gehorchte seinem Gehirn wieder. Martina sagt, dass er sich schon wieder genauso wie früher bewege und auch seine Sprache sich nicht verändert habe. Wer ihn auf der Straße träfe, würde keinen Unterschied zu der Zeit vor dem Schlaganfall bemerken. Auf den ersten Eindruck mag das stimmen. Tobias kann laufen und sogar Wasserflaschen aufdrehen, aber wenn Feinmotorik gefragt ist, erkennt er seine Schwächen gut. Neulich hat er versucht, eine heruntergefallene Büroklammer aufzuheben, konnte sie aber nur hilflos auf dem Boden hin- und herschieben, weil er sie nicht zu fassen bekam. Er befürchtet, dass die Fortschritte jetzt nur noch langsam erfolgen und auch nicht sofort erkennbar sein werden. Ich werde jedenfalls nicht über Nacht der Alte, macht er sich klar. Es wird harte und hartnäckige Arbeit mit meinem Körper und meinem Gehirn sein und mir sehr viel Geduld abverlangen.

Dafür muss er allerdings nicht in der Klinik bleiben. Der Krankenhaussozialdienst hat die Reha bereits beantragt, bis zur bald erwarteten Bewilligung darf er für ein paar Tage nach Hause. Martina erhält Instruktionen, wie sie auf ihn achtgeben soll: „Gehen Sie die Treppen am besten mit Ihrem Mann zusammen, und lassen Sie ihn nicht allein in den Straßenverkehr."

Autofahren darf Tobias drei Monate lang nicht, auch sein geliebtes Fahrrad soll er vorerst stehen lassen. Nicht ohne Grund: Schon beim ersten Spaziergang mit seiner Frau fällt ihm auf, wie verunsichert er an Straßenkreuzungen ist. Autos fahren gefühlt dreimal so schnell wie früher und sind auch dreimal so laut. Ein paar Mountainbiker rasen in einem Affenzahn vorbei, das Rauschen der Reifen ist extrem und zieht direkt in seinen Kopf, so dass er zusammenzuckt. Der automatische Blick an der Kreuzung nach links und rechts, das Hören auf Verkehrsgeräusche reicht nicht. An jeder Straßenecke bleibt er stehen, und wie ein Erstklässler schaut er drei- oder viermal nach links und rechts, bis er sich endlich traut, einen Fuß auf die Straße zu setzen. Nach zwei Kilometern wird sein Körper müde vom Laufen, die Konzentration lässt nach. Beim Gehen driftet er nach links, weil die Belastung und die Koordination nicht mehr stimmig sind. Martina schiebt und drückt ihn leicht wieder nach rechts in die alte Spur. Ja, ich mache Fortschritte und werde gesund, aber dieser Prozess wird noch lange dauern, weiß Tobias.

Er ruft in der Klinik an, um zu erfahren, ob die Reha inzwischen bewilligt ist. Der Sozialdienst hat noch nichts gehört. Die Krankenkasse gibt ihm auch keine Auskunft, erst müsse man klären, ob sie oder die Deutsche Rentenversicherung zuständig seien. Bei der Rentenversicherung gelingt es ihm erst nach Stunden, die zuständige Mitarbeiterin ans Telefon zu bekommen. „Mir liegt kein Antrag auf eine Reha-Maßnahme vor", sagt sie. Das kann also dauern.

Beim Spaziergang am nächsten Tag macht eine Nachbarin vor dem Haus mit ihrem Auto eine Vollbremsung, als sie ihn sieht. „Was macht du denn für Sachen?", fragt sie und steigt aus. „Du hast uns einen ganz schönen Schrecken eingejagt." Auch sie hat nach der Nachricht vom Schlaganfall wohl erwartet, dass Tobias im Rollstuhl sitzt, und um sie von diesem Bild zu befreien, macht er Faxen, hüpft ein bisschen auf der Stelle herum und zieht dabei Fratzen. „Mir geht es schon wieder recht gut, wie du siehst." Später trifft er noch einen Nachbarn, der gerade von seinem Hund spazieren geführt wird. Zumindest sieht es so aus. Der Hund vorne weg, Pete läuft an der Leine hinterher. Die Erleichterung, Tobias in vergleichsweise stabilem Zustand zu sehen, ist auch ihm anzumerken. Die Nachbarn sind alle sehr besorgt gewesen. Martina berichtet, dass fast täglich jemand aus dem Kiez an der Haustür geklingelt hat, um sich nach ihm zu erkundigen.

Als sie nach dem Spaziergang zurück nach Hause kommen, klingelt das Telefon. Eine Mitarbeiterin der angegebenen Wunsch-Reha-Klinik sagt, die Reha sei bewilligt und Tobias könne am kommenden Mittwoch anreisen. Eine ambulante Reha sei wegen Corona aber nicht möglich. Er sagt zu. Mittwoch ist in zwei Tagen.

Seine Töchter kommen am frühen Abend zu Besuch. Verena hat ihm das neue Buch von T.C. Boyle mitgebracht, sie ahnt und weiß, dass er Lesestoff braucht. Janina jagt ihm die tägliche Thrombose-Spritze in den Bauch und zeigt ihm ergotherapeutische Übungen, die er in den nächsten Tagen ständig wiederholen soll, um seine Fingerfertigkeit zurückzuerlangen.

„Wenn Mama und du alt seid, pflege ich euch", sagt sie plötzlich. Sehe ich also schon aus wie ein Pflegefall oder bewege mich so?, fragt sich Tobias. Janina ahnt seine Gedanken offenbar. „Ich meine, in zwanzig Jahren oder so, Papa. Wenn ihr nicht mehr alleine könnt, dann pflege ich euch. Ich ekel mich doch nicht vor dir."

So ein Schlaganfall kann also auch wichtige Zukunftsfragen klären.

7 Mit Elvis in der Reha

Martina fährt ihn am kommenden Mittwoch ins Reha-Zentrum, das nur wenige Kilometer entfernt liegt und einen guten Ruf genießt. Ein junger Mann begrüßt Tobias an der Rezeption und schickt ihn als erstes zum Corona-Test. Die Pandemie flaut zwar gerade ab, aber weiterhin ist Vorsicht angesagt, vor allem in medizinischen Einrichtungen. Tobias versteht, dass die Reha-Klinik alles tut, um nicht in den Medien als Corona-Hotspot aufzutauchen. Er begibt sich zum Nachbarraum, wo ein Testzentrum eingerichtet wurde. Eine Frau im Schutzanzug bittet ihn, Platz zu nehmen und kommt dann mit einem Wattestäbchen auf ihn zu. Der Abstrich am Rachen ist harmlos, der darauffolgende in der Nase ist ihm unangenehm und tut weh. Sie dringt viel zu weit mit dem Stäbchen vor. Als er den Raum verlässt, muss Tobias fürchterlich niesen. Hoffentlich bin ich negativ, denkt er, sonst stecke ich alle an, die hier im Flur auf ihr Ergebnis warten.

Nach fünfzehn Minuten ertönt ein Geräusch, danach kommt die Dame heraus und überreicht ihm das Ergebnis. Negativ, die Reha kann beginnen. Der Mann an der Rezeption weist ihm den Weg zur Station, dort soll er sich auf dem Stationszimmer melden. Eine Krankenschwester zeigt ihm das Zimmer. Er hatte sich eher eine Art Hotelzimmer vorgestellt, stattdessen erwartet ihn ein großer Raum mit höhenverstellbarem Krankenbett und ein rollstuhlgerechtes, geschmacklos beige gekacheltes Bad. Das ist angemessen, aber sieht verdammt nach Krankenhaus aus. Nun gut, ist halt kein Urlaub hier, denkt er. Immerhin gibt es einen Tisch und zwei Stühle unter einem Fenster. Die Aussicht zeigt das Siebengebirge mit Petersberg und Drachenfels. Das ist versöhnend.

Schon bald nach seinem Einzug kommt eine Ärztin zum Aufnahmegespräch. Es passiert, was er erwartet hat. Er soll mit den Zeigefingern auf seine Nase tippen. Für Tobias längst eine leichte Übung. Dann gibt er ihr den Entlassungsbericht von der Klinik, und sie gehen ihn gemeinsam durch. „Wenn ich das so lese, könnten Sie auch halbseitig gelähmt im Rollstuhl vor mir sitzen", sagt sie. „Sie haben verdammt viel Glück gehabt." Tobias muss schlucken.

„Was sind denn die Schwächen, an denen Sie arbeiten möchten?", fragt die Ärztin anschließend. „Kraft, Konzentration und Koordination", antwortet er. „Und mein rechtes Auge, dessen Sichtfeld eingeschränkt ist." Sie nickt und möchte mehr über seine Schwachstellen erfahren. „Wir werden für die nächsten Tage Therapiepläne für Sie erstellen", sagt sie dann. „Wenn etwas nicht passt, es Ihnen zu viel ist oder nicht passend erscheint, sagen Sie Bescheid, dann können wir Änderungen vornehmen." Es ist Mittwoch, und morgen ist Feiertag. Ob bis zum Wochenende überhaupt etwas passieren wird?

Wenig später kommt die Therapieplanerin. Was er so für Sport treibe, will sie wissen. Er erklärt, dass er viel und gern Fahrrad fährt. Ob er sich auch Wassertherapie vorstellen könne? „Ja", sagt er, denn er hat auf der Homepage der Klinik gesehen, dass es ein Schwimmbad gibt. Dann soll er ein paar Schritte durchs Zimmer machen; dabei berichtet er von den Spaziergängen der vergangenen Tage. „Sie können in die Nordic-Walking-Gruppe, wenn Sie möchten." Tobias findet diese Stöcke beim Laufen zwar albern, aber er sagt zu, denn täglich an die frische Luft zu kommen und durch den Stadtwald neben der Klinik zu laufen, erscheint ihm attraktiv. „Dann setze ich Sie heute erstmal auf das Fahrradergometer und organisiere dann ein Gespräch mit einem Physiotherapeuten. Der legt fest, was Sie in den kommenden Tagen machen. Außerdem bekommen Sie einen Termin bei der Neuropsychologin; mit der können Sie unter anderem über Ihr Auge sprechen."

Am morgigen Feiertag gebe es aber keine Therapien, sagt sie noch, und dann ist sie auch schon wieder weg. Kurz darauf kommt jemand und bringt ihm ausgedruckte Therapiepläne für den Nachmittag und den Freitag.

Am Freitag findet er sich pünktlich am Nordic-Walking-Treffpunkt ein. Es ist eine kleine Gruppe, drei Männer und eine Frau. Tobias schaut sich um, der eine Kollege sieht sehr jung aus. Der Therapeut stellt sich als Elvis vor. Er kommt aus Bosnien-Herzegowina – dort ist dieser Vorname durchaus beliebt – und fragt alle kurz nach dem Krankheitsbild. „Schlaganfall", sagt Tobias. Hirntumor und Aneurysma sind die anderen Antworten. Und dann der junge Mann: „Auch Schlaganfall." Auf Rückfrage sagt er, dass er 18 Jahre alt ist. Das ist nur wirklich ein jugendlicher Patient, denkt Tobias sofort. Wie schrecklich muss das sein, wenn man mit 18 vom Schlag getroffen wird.

Nach einer kurzen Einführung, wie man die Stöcke benutzt, und einer Erklärung, dass durch die Bewegung der Stöcke weit mehr Muskeln beansprucht werden als beim gewöhnlichen Laufen, geht die Gruppe los. Die ersten Meter gehen durch ein Wohngebiet, dann erreichen sie den Waldrand. Schon bald gibt es den ersten Stopp. Einer der Walker redet unaufhörlich auf die Frau in der Gruppe ein. Sie dürfte Mitte 40 sein und trägt eine Frisur, die Tobias an einen Helm erinnert. Gregor, so heißt der Kollege, scheint sie sehr attraktiv zu finden, denn er weicht nicht von ihrer Seite. Auch Elvis hält sich auffällig oft in ihrer Nähe auf.

Dann klingelt das Telefon von Elvis, und er entfernt sich kurz von der Gruppe. Als er wiederkommt, berichtet er, dass er vor fünf Monaten ein neues Auto bestellt hat, das eigentlich nach drei Monaten geliefert werden sollte. Jetzt hat sein Händler gesagt, dass es noch einmal vier Wochen länger dauert, bis sein Hybridfahrzeug da ist. Elvis will auf ein Ersatzfahrzeug bestehen. Die Gruppe sieht so aus, als kenne sie größere Probleme. Aber Elvis redet weiter von seinem neuen Auto und dass nichts klappt in Deutschland.

Auch bei Handwerkern nicht. Dankbare Themen, die von Schlaganfällen und Hirntumoren ablenken sollen.

Für Tobias steht anschließend die erste Therapieeinheit im Schwimmbad an. Er ist kein überragender Schwimmer, aber er genießt das Wasser. Allerdings tauchen neue Schwierigkeiten auf: Sein linker Arm und das linke Bein verdrängen nicht genügend Wasser, so dass er die Bahn nicht halten kann und nach links abdriftet. Neben ihm schwimmt ein junger Mann, der mit einem Kran aus dem Rollstuhl ins Wasser gelassen wurde. Seine Beine sind fast vollständig gelähmt, aber beim Schwimmen überholt er Tobias und grinst stolz.

Die Sporttherapeutin empfiehlt Tobias, ganz besonders darauf zu achten, geradeaus zu schwimmen. Mit der Zeit gelingt es ihm besser, aber er muss sich voll darauf konzentrieren. Dann drückt sie ihm im flacheren Wasser eine Schwimmnudel in die Hand. Er soll seinen linken Fuß darauf stellen und dann vorwärts gehen. „Jetzt bitte mal das Bein ganz gerade nach vorn strecken und dann kurz vor dem rechten Bein wieder abstellen", ruft sie. Tobias macht wie befohlen und ist in Gedanken schon wieder bei Monty Python. Wie er da durch das Wasser läuft und das linke Bein seltsam streckt und wieder beugt, sieht er ein bisschen aus wie John Cleese im Ministry of Silly Walks, total albern also, und er muss vor sich hin lächeln. „Das ist eine sehr gute Übung, machen Sie das möglichst immer, wenn Sie im Schwimmbad sind", rät die Therapeutin. Tobias grinst. Mir steht eine Karriere als Komiker bevor, denkt er.

Eine Art Komiker ist auch Herr Rudolf, der auf seiner Station im Zimmer gegenüber wohnt. Tobias trifft ihn häufig mit nacktem Oberkörper auf dem Flur. Entweder hat er beim Packen alle Pullover, Hemden und T-Shirts vergessen oder er findet seinen Körper so unwiderstehlich, dass er ihn ständig jedem und vor allem jeder zeigen muss. Herr Rudolf ist mindestens fünfzehn Jahre älter als Tobias. Er flirtet er gern mit den vorbeieilenden Pflegerinnen, die freundlich, wie sie sind, meist darauf eingehen.

Das Wochenende verbringt Tobias mit Lesen und Spaziergängen. Seine Familie darf ihn wegen Corona nur sehr eingeschränkt besuchen, also trifft er Martina und die Töchter im an die Klinik angrenzenden Stadt-wald. Während des Spaziergangs wird Martina von einer Freundin angerufen und berichtet, dass Tobias zwar Fortschritte mache, aber noch einen langen Weg vor sich habe. Sie bleibt einige Schritte zurück, aber er hört, wie seine Frau berichtet: „Du kennst doch Tobias. Er ist immer so schlagfertig und ironisch, das hat er fast ganz abgelegt. Ich mochte das nicht immer, aber jetzt fehlt mir das Spöttische an ihm richtig. Weißt du, ich will endlich meinen alten Tobi wiederhaben."

Als seine Frau wieder zu ihm aufschließt, sagt er nichts dazu. Er ist heilfroh, dass sie da ist. Der Besuch lenkt ihn von den negativen Gedanken ab, von den Sätzen der Ärztin über die halbseitige Lähmung, der er nur knapp entkommen ist. Wenn die quälenden Gedanken ihn am Einschlafen hindern, versucht er sich vorzustellen, wie der Wind am Meer in sein Gesicht weht, wie er mit seiner Frau im Restaurant sitzt und ein kühles Bier trinkt. Dabei fällt ihm ein, dass er seit Wochen keinen Alkohol mehr getrunken hat und auch kein Bedürfnis danach verspürt. Aber die Ablenkung mit dem Gedanken an ein Bier funktioniert trotzdem.

Am Montag stehen schon morgens Schwimmen und dann therapeutisches Klettern auf dem Programm. Übungen für Koordination und Kraft. Tobias kommt an der Kletterwand zunächst ganz gut zurecht, aber mit der Zeit lässt die Kraft nach. Mehrmals rutscht er von den künstlichen Steinen ab, die den Parcours der Kletterwand beschreiben. Weil die Decke des Turnraums niedrig ist, klettert er glücklicherweise seitwärts und fällt nicht tief, sondern landet nach dem Abrutschen mit den Füßen auf einer weichen Matte. „Im Hochgebirge wäre ich längst abgestürzt", sagt er zu Elvis, der ihn auch hier betreut. „Da wären Sie aber auch angeseilt", sagt der nur. Vermutlich denkt er an sein Auto. Er wirkt etwas lustlos heute. Beim Walken berichtet er erneut, dass er das Autohaus angerufen hat, es aber keine neue Entwicklung gibt. Immerhin bekommt er wohl bald einen Ersatzwagen. Aber so richtig tröstet ihn das nicht.

Mittags überfallen Tobias abermals die negativen Gedanken. Warum er und warum gerade jetzt? Und wann das nächste Mal? Tobias sehnt sich danach, morgens aufzuwachen und nicht als erstes zu denken: Scheiße, ich hatte einen Schlaganfall. Am besten wäre mal ein ganzer Tag ohne diese Sorgen. Er wird lernen müssen, mit diesen belastenden Gedanken zu leben. Ganz los werden kann er sie nicht mehr, erst recht nicht in der Reha-Klinik, wo ihn jeder Schritt an den Schlaganfall erinnert.

Mit der Neuropsychologin bespricht er seinen beruflichen Alltag. Täglich Schichtdienst als Nachrichtenredakteur. Mal früh, mal spät, mal tagsüber, mal nachts, ständig im Wechsel. Unter Schlafstörungen leider er schon seit Jahren. Hat das Gehirn jetzt nach 20 Jahren die Notbremse gezogen? Vielleicht, denkt Tobias, war das alles zu viel.

Am Tag vor dem Schlaganfall hatte er starke Kopfschmerzen, was er sonst nicht von sich kennt. Er sah Sternchen vor den Augen. Seine Hausärztin schrieb ihn krank wegen Migräne. Einen Tag später machte sein Gehirn dicht. Er wird sich eine neue Hausärztin suchen, wenn er aus der Reha kommt. Und einen Neurologen braucht er auch. Seine Tochter Janina will einen Termin für ihn machen, sie kennt einige Fachärzte von ihrer Arbeit als Ergotherapeutin, bekommt regelmäßig Patienten von ihnen überwiesen. Ohne Beziehungen hat man als Kassenpatient schlechte Karten, wenn man einen Termin braucht.

Aber noch hat er drei Wochen Reha vor sich. Und noch gut 90 Minuten Zeit bis zum Abendbrot. Tobias klappt seinen Laptop auf und beginnt einen Text zu schreiben. Die Ergotherapeutin meinte, das Tippen auf der Tastatur sei eine gute Übung, um die Fingerfertigkeit wiederzuerlangen. Und die Psychologin hält es für eine sehr gute Idee, die eigenen Erfahrungen als Schlaganfallpatient niederzuschreiben.

Tobias formuliert eine Überschrift: „Stroke Unit". Er beschließt, in der dritten Person zu schreiben. Das lässt mehr Freiheiten, denkt er und legt los. Er schreibt fast eine Stunde lang, bis ihm die Augen schmerzen und der Kopf dröhnt. Er sollte es langsamer angehen lassen.

Besuch in Breslau

Als ich den großen roten Backsteinbau mit den breiten Zinnen auf dem Dach vor mir sah, wusste ich nicht sofort, was für ein Haus das war. Ich meinte mich dunkel daran zu erinnern, das Gebäude schon mal gesehen zu haben, und meine Mutter hatte mir vor mehr als 30 Jahren, als ich das erste Mal hier war, bestimmt erklärt, was es mit dem Haus auf sich hatte. Ganz bestimmt sogar, sonst hätte ich wohl kaum die Gewissheit gehabt, etwas wiederzuerkennen.

Vermutlich hatte es irgendetwas mit unserer Familie zu tun. Ich wurde neugierig und näherte mich langsam dem Gebäude, das beeindruckend aussah, fast pompös. Mit seinen beiden Türmen erinnerte es mich architektonisch ein bisschen an den Bahnhof, an dem ich am Vortag nach längerer Fahrt und mehrmaligem Umsteigen aus Berlin kommend eingetroffen war.

Als ich die langgezogene Hausfront erreichte und das Schild neben dem Eingang entdeckte, fiel es mir wieder ein. Ich stand vor dem alten Breslauer Landgericht, und meine dürftigen polnischen Sprachkenntnisse reichten so gerade aus, dass ich, als ich das Schild neben dem Eingang las, verstand, dass das Haus auch heute noch als Justizgebäude benutzt wurde.

Dass meine Mutter mir das Gebäude bei unserem

Schlesien-Besuch Ende der 80er Jahre gezeigt hatte, war natürlich nicht der Ästhetik der roten Türme geschuldet, sondern hatte den Grund, dass ihr Vater, auf den sie immer sehr stolz war, dort gearbeitet hatte. Ich konnte mich sehr gut an den feinen, immer sehr korrekten, alten Mann erinnern, der gestorben war, als ich 27 Jahre alt war und mit dem mich eine enge Beziehung verband, weil er mir oft interessante Dinge erzählt hatte. Als ich Kind war, weckte er mit seinen Büchern und den darin enthaltenen bunten Bildern meine Neugierde auf die Tierwelt, später hatte er das Bedürfnis, mir am Beispiel seiner Person den Lauf der deutschen Geschichte zu erklären.

Ich war dafür wohl der richtige Ansprechpartner, denn mich interessierte das Thema allein schon deshalb, weil ich wissen wollte, wie es möglich war, dass ein vermeintliches Kulturvolk wie die Deutschen zu den schlimmsten Verbrechen der Menschheitsgeschichte fähig gewesen war. Zudem fiel meine Mutter als Gesprächspartnerin für meinen Großvater und auch für mich aus, denn sie musste Schlesien als Jugendliche einige Monate vor Ende des Zweiten Weltkriegs verlassen, als Breslau in aller Eile doch noch teilweise evakuiert wurde und sie sich zusammen mit ihrer Mutter bei eisigen Temperaturen zu Fuß auf den Weg Richtung Westen machte. Nach ihrer Ankunft in Westdeutschland sprach sie nicht mehr oder nur ungern und kurz angebunden über diese Zeit. Ihre Erinnerungen seien zu negativ belastet, sagte sie immer, so dass sie von sich aus das Thema mied, und wenn ich sie etwas fragte, nachdem mein Großvater mich mit seinen Erzählungen an die NS-Zeit in Schlesien herangeführt hatte, dann blieben ihre Antworten immer sehr knapp. Meist verwies sie mich zurück an ihren Vater, der trotz seines hohen Alters über viel bessere Erinnerungen verfüge als sie.

Tatsächlich muss Carl Paschke schon mindestens 85, wenn nicht 87 Jahre alt gewesen sein, als er mir das erste Mal davon erzählte, wie er als Richter in den 30 Jahren am Landgericht Breslau versuchte, Recht zu sprechen, was in der Nazi-Diktatur bestimmt keine einfache Tätigkeit war. Zudem eine Tätigkeit, die ihn im Alter zunehmend beschäftigte und ihm zahlreiche Gewissensbisse verschaffte, von denen er sich vermutlich befreien wollte, indem er wieder und wieder davon berichtete. Ich weiß gar nicht, ob er sich rechtfertigen wollte oder ob er mir vermitteln wollte, wie schlimm der Verlust der Rechtsstaatlichkeit und eine Diktatur sind – vermutlich war es ein Gemisch aus beidem.

Eigentlich wollte ich mir Wrocław aus rein touristischem Interesse und nicht wegen familiärer Zusammenhänge anschauen, wollte die mir unbekannte Stadt erkunden und polnisches Bier im Schweidnitzer Keller genießen, denn ich hatte gelesen und auch von Freunden gehört, dass Breslau durch die Feierlichkeiten als Europäische Kulturhauptstadt vor ein paar Jahren – unabhängig von seiner deutschen Geschichte – eine absolut sehenswerte Großstadt geworden war. Doch von Anfang an war meine Familie mit im Gepäck, zum Beispiel am Ring mit dem spätgotischen Rathaus, von dem mir meine Mutter in den wenigen Momenten, in denen sie doch mal von Schlesien sprach, immer vorschwärmte. Oder an der Universität, an der mein Großvater sein Jurastudium absolviert und in der Aula Leopoldina sein Abschlusszeugnis ausgehändigt bekommen hatte. Jetzt, vor dem Gericht stehend, holte mich die Familiengeschichte mit voller Wucht ein, und ich war bereit, mich darauf einzulassen.

Ich sah meinen Großvater wahrhaft vor mir, als ich nachdenklich auf das Gerichtsgebäude schaute, in dem er manch bewegte Stunde erlebt hatte. Mein Großvater hatte einige Fotos und alte Postkarten aus Schlesien retten können, und als ich seiner Meinung nach alt genug dafür war, machte er es sich zur Ange-wohnheit, mir die Bilder zu zeigen, damit ich einen Zugang zur Vergangenheit meiner Familie bekam. Dazu erzählte er Geschichten von damals, von der Familie, aber auch von seinem Beruf und vom Leben in Breslau.

Wenn wir, und das kam Ende der 80er bis Anfang der 90er Jahre mehrfach vor, zu zweit am Wohnzim-mertisch saßen, kam er mit vorhersehbarer Regelmä-ßigkeit auf den 11. März 1933 zurück. Die Geschehnisse dieses Tages hatten ihn traumatisiert, und allem Anschein nach musste er sich als alter Mann die Last von der Seele reden.

Am jenem 11. März 1933, sagte mein Großvater, überfiel die SA das Amts- und Landgericht in Breslau. Die Eindringlinge, deren Zahl mein Großvater auf 25 bis 30 schätzte, schrien „Juden raus!", während sie Richter, Staatsanwälte und Rechtsanwälte jüdischen Glaubens aus dem Gebäude jagten. Angeführt wurden die SA-Leute von Edmund Heines, der, so betonte mein Großvater, mehrfach wegen Gewaltdelikten vorbestraft war, und dessen kantiges Gesicht, dessen Hals, der sich aus der Uniform presste, und dessen ganzes Äußeres er niemals vergessen könnte – und der übrigens wenige Tage nach dem Angriff auf das Gericht zum Polizeipräsident Breslaus aufsteigen sollte. Es war ein Samstag, was damals ein normaler Arbeitstag war, und auch mein Großvater, der Richter Carl Paschke, war an jenem 11. März vor Ort.

Ich war völlig paralysiert, berichtete mein Großvater, und habe das Geschehen zunächst fassungslos beobachtet. Ein Kollege von mir rief die Polizei, doch als diese irgendwann gemächlich eintraf, wurde schnell deutlich, dass die Beamten nicht eingreifen würden, sondern in den Überfall eingeweiht waren. So wurden die anwesenden jüdischen Juristen ohne nennenswerten Widerstand aus dem Gericht vertrieben, sagte mein Großvater, einige von ihnen sollen festgenommen worden sein. Als Richter, Rechtsanwalt oder Staatsanwalt sollten diese Juristen die Räume nie mehr betreten, bestenfalls noch als Angeklagte.

Die Situation im Gericht war chaotisch und unübersichtlich. So wurde der jüdische Rechtsanwalt Ludwig Foerder, der sich in den Jahren zuvor als Hitler-Gegner hervorgetan und mehrfach Verfahren gegen hohe NSDAP-Funktionäre geführt hatte, brutal misshandelt und gewaltsam aus dem Gerichtsgebäude geprügelt, erinnerte sich mein Großvater. Einige wenige der anwesenden Juristen versuchten, Foerder und seine jüdischen Kollegen zu schützen, andere unterstützten die SA offen in ihrem Treiben. So mancher Helfer hoffte wohl auf einen Karrieresprung durch freiwerdende Stellen, denn es gab vergleichsweise viele jüdische Richter, Staatsanwälte und Rechtsanwälte in Breslau, das in der Weimarer Republik neben Berlin und Frankfurt das dritte große Zentrum des deutschen Judentums war.

Erst im Laufe des Tages wurde uns die Tragweite des Geschehens bewusst, sagte mein Großvater, und am Nachmittag desselben 11. März 1933 versammelten sich mehr als einhundert Richter und Rechtsanwälte aus Breslau – natürlich unter Beobachtung der SA – im Oberlandesgericht. Bei vielen war die Empörung groß, also beklagten sie lautstark den Angriff auf die Rechtsstaatlichkeit und verkündeten zum Abschluss der Sitzung, dass zunächst kein Richter mehr seinen Dienst tun werde und in Breslau vorerst keine Gerichtsverhandlungen mehr stattfinden würden. Der Beschluss erfolgte mit großer Mehrheit bei nur wenigen Gegenstimmen, und auch ich habe dafür votiert, betonte mein Großvater. Mit diesem Stillstand der Rechtspflege, wir sprachen von einem Justitium, wollten wir als Richter gegen die Übergriffe der SA protestieren, und der Beschluss wurde sogar über die Zeitungen verbreitet, die zu dieser Zeit noch nicht völlig gleichgeschaltet waren. Aber das Ganze führte zu nichts, sagte mein Großvater rückblickend, und seine Enttäuschung meinte ich noch in diesem Augenblick, als ich vor dem Gerichtsgebäude stand, herauszuhören. Denn unsere jüdischen Kollegen konnten nicht zurückkehren, beklagte mein Großvater, weil sich in den kommenden Tagen die SA vor dem Gericht postierte und dafür sorgte, dass kein Jude Zugang zu seinem Arbeitsplatz bekam. Und wir anderen Richter taten nichts weiter, um das zu verhindern.

Ich meinte, die Stimme meines Großvaters tatsächlich zu hören, als ich zurücktrat und das Gebäude von der anderen Straßenseite in Augenschein nahm. Genau dort, wo ich gerade noch stand, hatten sich die SA-Leute postiert, um Fakten zu schaffen. Was mag mein Großvater gefühlt haben, als er am 13. oder 14. März 1933 an den Uniformierten vorbei in sein Büro ging? Nach seinen Worten war ihr Auftreten einschüchternd, und wenn ich meinen Großvater richtig verstanden habe, dann verachtete er die SA-Leute schon allein, weil sie ihm als preußisch-geprägtem Bildungsbürger viel zu proletarisch und schlecht erzogen daherkamen. Hinter einem der zahlreichen Fenster des Gebäudes muss sein Schreibtisch gestanden haben, stellte ich mir vor, und in einem der Gerichtssäle sah ich meinen Großvater in seiner Robe, wie er einem Angeklagten das Urteil verkündete. Er versuchte, und das glaubte ich ihm, von 1933 bis 1945 zwölf Jahre lang halbwegs ordentlich Recht zu sprechen, sofern das in einem Unrechtsstaat überhaupt möglich war. Wieder sah ich die Szenerie vom März 1933 lebhaft vor mir: die martialisch auftretenden SA-Leute, wie sie die jüdischen Richter und Anwälte unter Androhung von Gewalt zurückschickten, und die nichtjüdischen Juristen, von denen die meisten die Blockade mit gemischten Gefühlen passierten, während andere sie guthießen und mit Hitlergruß salutierten.

Der verkündete Stillstand der Rechtspflege war im Nachhinein betrachtet eine reine Symbolik, auch wenn sie natürlich gut gemeint war, resümierte mein Großvater. Den Juristen waren die Hände gebunden, denn als treue Staatsdiener wäre es ihnen nicht in den Sinn gekommen, wirklich dauerhaft die Arbeit niederzulegen. Gehorsam und Disziplin waren stärker als die Abscheu gegenüber den Nazi-Schergen, und das Wort Streik hätte keiner von ihnen als Beschreibung ihres eigenen Verhaltens in den Mund genommen. Und so nutzte die NSDAP die Zeit, in der keine Prozesse stattfanden, zusammen mit der bereits eingeknickten Justizverwaltung dazu, den Apparat umzubauen. Schon fünf Tage nach dem Sturm der SA teilte das Reichsjustizministerium mit, dass es untragbar sei, wenn in Breslau jüdische Richter und Anwälte weiter tätig blieben, so dass innerhalb einer Woche alle am Landgericht beschäftigten Juden beurlaubt waren. Reichsweit wurde das erst einige Wochen später im „Gesetz zur Wiederherstellung des Berufsbeamtentums" vom 7. April 1933 beschlossen, beklagte mein Großvater, und fragte mich beziehungsweise vor allem wohl sich selbst, was er hätte machen können, um die Anpassung und die Unterwerfung unter die neue, undemokratische Führung zu verhindern.

Möglicherweise hätte ich offener Widerstand leisten müssen, sagte mein Großvater, umgehend aber einschränkend, dass er auch die Folgen des Handelns habe beachten müssen, auch wenn das aus Sicht der bundesrepublikanischen Gegenwart nicht unbedingt zu verstehen sei. Ich hatte Familie, deine Mutter war gerade erst ein Jahr alt geworden, da wäre Widerstand gegen eine sich rasend schnell entwickelnde Diktatur gleichbedeutend mit einem wirtschaftlichen Niedergang gewesen, unter dem die ganze Familie gelitten hätte, sagte mein Großvater. Ganz abgesehen von der Gefahr, festgenommen zu werden und im Gestapo-Gefängnis oder im von Heines errichteten Breslauer Konzentrationslager Dürrgoy zu landen. Und das ging nicht nur mir so, alle Richter, alle Staatsanwälte und alle Rechtsanwälte mussten auch an ihr Leben denken, denn der Rechtsstaat, wie wir ihn kannten, war schon deutlich eingeschränkt, und es war absehbar, dass sich die Tendenz verschlimmern würde. Ein Held bin ich nicht gewesen, sagte mein Großvater, aber als Märtyrer wollte ich auch nicht in die juristische Zeitgeschichte eingehen.

Also habe ich nicht laut aufgeschrien, als die jüdischen Kollegen nicht zurückkamen und durch parteitreue Richter ersetzt wurden, auch wenn für mich ersichtlich war, und ich das auch unter vier Augen mit Gleichgesinnten besprach, dass Deutschland jeden Tag mehr ein Polizeistaat wurde. Stattdessen versuchten wir in den kommenden Jahren die NS-Gesetze so auszulegen, dass die Urteile so mild wie möglich waren, sagte mein Großvater. Wenn die Wohlgesinnten ihre Ämter niedergelegt hätten, und hier rechtfertigte er sich dann doch ziemlich eindeutig, wären sie durch gefügigere Kräfte ersetzt worden, so dass die NS-Gesetze noch viel schärfer angewandt worden wären. An diesem passiven Widerstand einiger Richter verzweifelten die Nazis sogar, so mein Großvater, und richteten schließlich Sondergerichte und den Volksgerichtshof ein, an denen die eingesetzten Richter im Sinne der Partei mit voller Härte gegen Andersdenkende und Minderheiten urteilten.

Als Richter habe ich zwar nicht geglänzt, aber mir auch nicht allzu viel vorzuwerfen, sagte mein Großvater. Als Freund und Kollege verzweifelte er aber rückblickend an seinem Verhalten.

Denn da war auch Emanuel Sternberg. Ein jüdischer Richter bei uns am Landgericht, erzählte mein

Großvater, wir mochten uns. Er war jüdisch und ich evangelisch, aber das hat uns nicht getrennt, vermutlich war er auch gar nicht besonders religiös. Wenn überhaupt, ging er in die Neue Synagoge, die Heimat der liberalen Juden Breslaus. Das Ehepaar Sternberg war gelegentlich bei uns zu Besuch gewesen oder wir bei ihnen, sagte mein Großvater. Ob das eine Freundschaft war oder eher eine gute Bekanntschaft ist schwer zu beurteilen, aber es war mehr als zu den meisten anderen Kollegen am Gericht.

Am 11. März 1933 habe ich Emanuel Sternberg im Stich gelassen, sagte mein Großvater, und das verfolgt mich bis heute im Schlaf. Sicher, wir haben versucht, das Gericht stillzulegen, aber als er nicht zurückkommen durfte, habe ich geschwiegen wie die meisten von uns. Wir hatten Angst, denn uns war klar, dass die Nazis ihre eigene Justiz aufbauen und dabei keine Rücksicht auf die in ihren Augen Unzuverlässigen nehmen würden. Dafür wurde der Gerichtspräsident noch 1933 ausgetauscht. Sternberg wiederum hat mehrere Jahre irgendwo vor den Toren Breslaus in einem landwirtschaftlichen Betrieb gearbeitet, Richter durfte er ja nicht mehr sein. Nach den Pogromen vom 9. und 10. November 1938 habe ich ihn nicht mehr gesehen, sagte mein Großvater, obwohl er nicht weit entfernt von uns wohnte. Unsere Treffen waren zu der Zeit längst eingeschlafen, denn wenn man mit Juden regelmäßig Kontakt gehabt hätte, wäre man aufgefallen. Der neue Gerichtspräsident beobachtete

mich ohnehin schon länger kritisch, hob mein Großvater hervor, weil ich auf sein „Heil Hitler" immer mit
„Guten Morgen" antwortete und auf seine wiederholte
Aufforderung, in die Partei einzutreten, stets erklärte,
dass für mich die richterliche Unabhängigkeit bedeu-
tete, mich parteipolitisch nicht zu binden. Meine Frau
war nicht so begeistert von dieser Haltung, sie fürch-
tete, dass ich entlassen, versetzt oder festgenommen
werden könnte. Das Konzentrationslager Groß-Rosen
war nur 50 Kilometer von Breslau entfernt, und was
man im Laufe der Kriegsjahre von dort gerüchteweise
hörte, war sehr beunruhigend, wenngleich es für uns
nicht überprüfbar war. Befördert wurde ich in der Zeit
übrigens auch nicht, ergänzte mein Großvater noch,
viele jüngere Kollegen überholten mich in ihrer Karriere, aus dem einfachen Grund, weil sie in der Partei
und nicht etwa, weil sie bessere Richter waren.

In meinem Kopf drehte sich alles, weil ich meinte,
den Zwiespalt, in dem mein Großvater gelebt und
gearbeitet hatte, fast selbst zu erleben. Ich wollte weg
von dem Gerichtsgebäude, das mich so tief in meine
Familiengeschichte zog, sehnte mich nach anderen
Gedanken und vielleicht einfach nach einer Tasse
Kaffee, aber ich wollte zugleich eben auch ausharren,
denn nachdem ich angefangen hatte, mich an diesem
Ort intensiv den Erzählungen meines Großvaters zu
stellen, wäre es falsch und vielleicht auch etwas feige
gewesen, nach der Hälfte der Geschichte zu flüchten.

Also blieb ich.

Was aus Sternberg wurde, habe ich erst viele Jahre nach dem Krieg erfahren, sagte mein Großvater, und an diesem Punkt verzichtete er noch mehr als sonst auf jede Emotion, sondern schilderte nur knapp die Fakten. Sternberg wurde unmittelbar nach den November-Pogromen 1938 festgenommen, in Gestapo-Haft gefoltert und schließlich ins Konzentrationslager Sachsenhausen gebracht. Von dort wurde er 1942 nach Groß-Rosen verlegt und musste unter unmenschlichen Bedingungen körperlich hart im Steinbruch arbeiten, ohne auch nur andeutungsweise genug Essen zu bekommen. Er hatte sich fest vorgenommen, diesen Wahnsinn zu überleben und für die Nachwelt ein Zeuge des Grauens zu sein, doch irgendwann verließ ihn die Kraft. Nach zwei Jahren entschloss sich Sternberg zum Freitod, sagte mein Großvater, der all das von einem Freund wusste, der es vom Sohn Sternbergs erfahren hatte. Dieser Sohn war einen Tag vor der Festnahme Sternbergs im November 1938 mit einem der letzten Transporte jüdischer Kinder nach England gebracht worden und hatte deshalb den Holocaust überlebt. Die Leidensgeschichte seines Vaters hatte er mit Hilfe überlebender Häftlinge recherchiert.

Man weiß ganz allgemein recht viel über diese Zeit, sagte mein Großvater, aber die meisten Einzelschicksale sind vergessen. In Breslau lebten in den 20er Jahren mehr als 23.000 Juden. Doch wer von ihnen ist als

Mensch in Erinnerung? Wer kennt Emanuel Sternberg? Nahezu alle Spuren sind verwischt. Die Nazis haben die Synagogen niedergebrannt, heute weiß kaum noch jemand, wo sie standen. Ich habe Ende der 70er Jahre bei meiner einzigen Fahrt nach Polen den Ort gesucht, an dem die Neue Synagoge bis 1938 stand, sagte mein Großvater, und es war zu spüren, wie sehr ihn die Erinnerung aufwühlte. Ihr Standort war ganz in der Nähe unseres Gerichts, und als der Tempel brannte, konnten wir alle die Rauchwolken sehen, doch die Feuerwehr löschte nicht, und am Nachmittag des 10. November 1938 wurde die Neue Synagoge schließlich gesprengt. Nichts, gar nichts erinnert heute daran, es ist ein leerer Platz, weitgehend zugewachsen, daneben stehen ein paar Autos, sagte mein Großvater.

Ich überlegte, wie es eigentlich gewesen war, als ich vor mehr als 30 Jahren mit meiner Mutter hier war. Eine Synagoge erwähnte sie nie, denn sie war viel zu sehr mit ihrem eigenen Heimatverlust beschäftigt und wollte das alte Wohnhaus der Familie sehen, was sie dann aber schockierte, weil das ehemals recht prachtvolle Gebäude ziemlich heruntergekommen war. Außerdem zog es sie zur Dominsel, natürlich zum Ring mit dem Rathaus und auch zur Jahrhunderthalle. Der Breslau-Besuch hatte sie schon im Vorfeld sehr aufgewühlt, und dazu übermannte sie das Gefühl, dass die Polen sie ständig misstrauisch beäugten, was objektiv gar nicht stimmte, denn sie waren sehr gastfreundlich und ließen uns sogar das alte Wohnhaus der Familie Paschke betreten, wo sich allerdings so viel verändert hatte, das sich die Stimmung meiner Mutter nicht besserte. Ich selbst hatte mich damals nur kurz auf die Reise vorbereitet, denn ich wollte alles unvoreingenommen auf mich wirken lassen und meiner Mutter ermöglichen, sentimentale Gefühle zu entwickeln. Auf die Idee, die jüdische Geschichte Breslaus zu recherchieren, war ich als junger Student nicht gekommen. Denn die Gespräche mit meinem Großvater erreichten erst nach der Schlesien-Reise mit meiner Mutter ihre volle Intensität, weil ich plötzlich nachfragte und er mit der Zeit sein Gedächtnis und sein Herz immer mehr öffnete. Meine Mutter sprach hingegen auch nach der Reise nie über ihre Kindheit, die in einer Diktatur und während des Krieges stattfand.

Auch die Polen wollen sich nicht an die jüdische Geschichte Breslaus erinnern, meinte mein Großvater, das ist in Polen seit dem Ende des Krieges eine Art Staatsdoktrin. Wie zum Trotz zeigte er mir eine Postkarte, auf der die Neue Synagoge zu sehen war, ein riesiges Gotteshaus, im byzantinisch-romanisch anmutenden Stil mit einer imposanten Fensterrosette über dem Hauptportal und einer 60 Meter hohen Kuppel, wie auf der Rückseite zu lesen war.

Am selben Tag, als die Nazis die Synagoge niederbrannten, nahm die Gestapo, ähnlich wie in fast allen deutschen Städten, zahllose Juden fest, schaffte sie ins Gefängnis neben dem Gericht und nutzte auch Teile des Gerichtsgebäudes als Arrestzellen, weil die Haftanstalt schnell restlos überfüllt war. Zu dieser Zeit war schon längst kein Protest mehr möglich, unterstrich mein Großvater, denn die Nazis hatten die Justiz bereits vollständig in ihrem Sinne umgebaut, und jeder, der seine Stimme erhoben hätte, wäre selbst umgehend festgenommen worden.

Mit dem Gedächtnis der Deutschen stimmt etwas nicht, sagte mein Großvater, sie beschäftigen sich gar nicht mit dem damaligen Geschehen in Breslau. Das Schicksal der jüdischen Breslauer, die Zerschlagung ihrer Kultur, ihrer Schulen, ihrer Zeitungen, ihrer Gotteshäuser, die Beschlagnahme ihrer Geschäfte und ihrer Vermögen, die zahllosen willkürlichen Festnahmen, die Deportationen und Ermordungen kommen ihnen nicht in den Sinn, vielleicht auch, weil Breslau längst eine polnische Stadt und somit nicht Teil der offiziellen deutschen Erinnerungskultur ist. Dabei lohnt es sich, nach Breslau zu schauen, um die NS-Zeit zu verstehen, erklärte mein Großvater, allein schon, wenn man sich vor Augen hält, wie die Nazis in den letzten Tagen des Krieges an der vermeintlichen Festung Breslau festhielten und große Teile der Stadt beim Häuserkampf selbst anzündeten und zerstörten, um die Rote Armee am Vorankommen zu hindern. Durch die völlig sinnlose, anhaltende Weigerung, sich zu ergeben, provozierten die Nazis die endgültige Zerstörung der Stadt auch durch Luftangriffe, obwohl der Krieg zu dieser Zeit längst verloren und am Ende sogar Berlin schon aufgegeben war, während an der Oder immer noch gekämpft wurde. Wer befasst sich mit dem dafür verantwortlichen Gauleiter Karl Hanke, fragte mein Großvater, der froh war, dass er selbst Carl mit C hieß, jenem Hanke also, der Hitler gegen jede Vernunft versprach, Breslau bis zum Letzten zu halten? Der noch wilde Partys feierte, als die Stadt um ihn herum dem Erdboden gleichgemacht wurde und Menschen zu Tausenden ums Leben kamen? Der einen ganzen Straßenzug sprengen ließ und minderjährigen Jungen und Mädchen befahl, dort, im Zentrum der Stadt, ein Rollfeld für Flugzeuge anzulegen, wobei ungezählte von ihnen bei sowjetischen Angriffen auf die Baustelle umkamen? Das Rollfeld schließlich sollte nur einmal benutzt werden, sagte mein Großvater verbittert, nämlich von Hanke selbst, als er am 6. Mai 1945 feige mit einer Fieseler Storch aus der Stadt flüchtete und die übrigen Menschen in den Trümmerhaufen seiner Schreckensherrschaft sitzen ließ. Dabei war Breslau bis Anfang 1945 als eine der ganz wenigen deutschen Großstädte von Luftangriffen verschont geblieben, erinnerte sich mein Großvater, doch durch diese unsinnige Erklärung der Stadt zur Festung, mit der man den Schlesiern vorzugaukeln versuchte, die Sowjetarmee noch aufhalten und den Krieg doch noch gewinnen zu können, nahm Hanke die Zerstörung der Stadt in Kauf. Die Zerstörung meines geliebten Breslau, sagte mein Großvater. Auch das Haus, in dem ich mit unserer Familie wohnte, war 1945 größtenteils nur noch eine Ruine und wurde nie wieder so aufgebaut, wie es früher mal aussah. Es ist kaum zu beschreiben, was die Nazis nicht nur den Völkern in den Nachbarländern, den europäischen Juden, den Sinti und Roma, den Kommunisten, den Homosexuellen, sondern auch der deutschen Zivilbevölkerung, darunter den Breslauern, alles angetan haben, klagte mein Großvater. Erst haben sie unsere Söhne in den Krieg getrieben, und dann haben wir wegen des von Hitler-Deutschland begonnenen Krieges die Heimat verloren.

Als ich selbst vorhin durch die Stadt schlenderte, war mir die Zerstörung durch den Krieg gar nicht so sehr aufgefallen. Die Polen haben viele historische Orte wie den Ring wiederaufgebaut und nach dem Mauerfall, auch mit Hilfe der Europäischen Union, sehr edel saniert. Auch sonst fiel mir auf, dass in der Stadt viel in Bewegung war, dass die polnischen Schlesier zum Beispiel inzwischen nicht nur an der Universität wieder nach den deutschen Wurzeln Breslaus suchten.

Ich ließ mit langsamen Schritten das ehemalige deutsche Landgericht mit seiner bewegten Geschichte hinter mir, und fragte mich, wie oft wohl mein Großvater diesen Weg gegangen sein dürfte. Er hätte sein Leben in den 30er und 40er Jahren bestimmt gern anders gelebt, und mir wäre natürlich ein Widerstandskämpfer als Großvater lieber gewesen, aber wie hätte ich damals selbst agiert? Letztlich hat er seine Familie halbwegs sicher durch den Krieg manövriert, auch wenn sie ihr zerstörtes Haus zurücklassen mussten und sie nicht alle gemeinsam das Durchgangslager Friedland erreichten.

Mein Großvater hasste die Nazi-Justiz, das konnte ich in seiner im Nachlass gefundenen Korrespondenz nachlesen, in denen er gegenüber Freunden kein Blatt vor den Mund nahm. Ganz bestimmt hätte er Emanuel Sternberg gern zur Seite gestanden, aber dass ihm dafür die Courage fehlte, konnte ich irgendwie sogar nachvollziehen, denn meine Mutter war damals noch ein Kind, und wenn er sein eigenes Leben riskiert hätte, wäre auch ihres gefährdet gewesen, und mich gäbe es heute gar nicht.

Mit diesen Gedanken passierte ich den Erweiterungsneubau neben dem alten Gericht und stieß eine Ecke weiter auf die kleine Straße Łakowa, die, als Breslau noch deutsch war, Anger hieß. Ich ging sie ganz langsam entlang, auf der linken Seite war eine Baulücke, auf der ein großer beschrifteter Steinblock stand. Ich ging hin, vorsichtig und freudig überrascht, und trat vor das dreigeteilte Mahnmal, auf dem links die Jahreszahl 1872, rechts 1938, und in der Mitte eine Zeichnung der Neuen Synagoge zu sehen war, die ich von den alten Postkarten meines Großvaters sofort wiedererkannte. Auf Deutsch, Polnisch und Hebräisch erinnerte ein Text an die Zerstörung des Gotteshauses durch die Nazis.

„Sie legten an dein Heiligtum Feuer, entweihten die Wohnung deines Namens bis auf den Grund." (Ps 74,7)

Daneben folgte die Erläuterung:

„An dieser Stelle stand bis zum 9. November 1938 die größte Synagoge der jüdischen Gemeinde der Stadt Breslau. In dieser Nacht wurde sie vom nationalsozialistischen Regime niedergebrannt. Mit diesem Akt der Zerstörung begann der Mord der jüdischen Kinder, Frauen und Männer Breslaus. Ehret Ihr Andenken!"

1998, genau 50 Jahre nach der Pogromnacht, mit der die Nationalsozialisten die letzte Phase der Vertreibung der jüdischen Deutschen aus Breslau einleiteten, und einige Jahre nach Ende des sozialistischen Regimes in Polen, wurde mit der Einweihung des Denkmals schließlich doch noch an das Schicksal von Emanuel Sternberg und seine zehntausenden Breslauer Leidensgenossen erinnert.

Carl Paschke, mein Großvater, hat das nicht mehr mitbekommen. Er starb drei Jahre vorher im Alter von 95 Jahren.

Danksagung

Ganz herzlich danken möchte ich meinen Lektorinnen und Lektoren, als Erstleserinnen zunächst meiner Frau Irmgard und meiner Tochter Antonia, die auch diesmal besonders kritisch auf die Texte schauten. Ganz besonderer Dank gilt auch Irene Rapp und Stefan Engelberg, denen ich für konstruktive und heitere Lektoratsabende danke, bei denen wir nicht nur die Texte dieses Buches verbessert haben, sowie Stefan Lux, der einmal mehr viele kleine Stolperstellen aufgelöst hat.

Bonn, im September 2021
Harald Gesterkamp

Weitere Veröffentlichungen von Harald Gesterkamp

Humboldstraße Zwei, Roman, Tredition, 468 Seiten,
19,99 Euro, ISBN: 978-3-7345-3658-8
Das Schicksal einer deutschen Familie zwischen 1934
und 2014: Erich Plackwitz, in den Dreißiger Jahren
Richter am Amtsgericht in der schlesischen Kleinstadt
Jauer, seine Tochter Elise, Schülerin, Studentin und
dann Flakhelferin, sowie Enkel Andreas, der mit den
alten Geschichten aus Schlesien lange nichts anfangen
kann, dann aber doch beginnt, sich für seine Familiengeschichte zu interessieren.
*„Gesterkamp erzählt auf eine aufrichtige, emotionale
und bildhafte Weise."* (Siegener Zeitung)
*„Eine Geschichtsstunde von beträchtlicher Wucht, die
bis in die Gegenwart reicht und ungeheuer spannend ist."*
(Schnüss, Bonn)

Rückkehr nach Schapdetten, Stories, Kid Verlag,
160 Seiten, 14,80 Euro, ISBN: 978-3-947759-31-6
Ein Mann kehrt nach Jahren in sein westfälisches
Heimatdorf zurück und steuert dort auf eine unheim-
liche Begegnung zu; ein Neo-Dadaist versetzt Bonn in
einen Kunsttaumel, den er selbst nicht gutheißt; ein ge-
hörnter Mann will seinen Nebenbuhler mit Hilfe seines
Chemiebaukastens zur Strecke bringen. Im Band
„Rückkehr nach Schapdetten" werden in 20 Stories
bizarre Charaktere geschildert, denen man nicht unbedingt begegnen
möchte. Erzählt wird Alltäglich-Abseitiges, das eine unerwartete
Wendung nimmt und manchmal tödlich endet.
*„Seine Geschichten fangen im Alltag harmlos an. Der Spannungs-
bogen weitet sich. Absurde Konstellationen stellen sich ein. Und
schließlich erwartet den Leser eine frappierende, wenn nicht sogar
tödliche Wendung."* (General-Anzeiger, Bonn)
*„Gesterkamp schildert in seinem überaus vielseitigen Buch unter
anderem betrogene Frauen und Männer, die jeweils auf ihre Art Rache
üben, so dass einem die Luft wegzubleiben droht."* (BZ, Duisburg)

Zeitfracht Medien GmbH
Ferdinand-Jühlke-Straße 7
99095 Erfurt, Deutschland
produktsicherheit@kolibri360.de